Maya Blake
El dulce sabor de la inocencia

HARLEQUIN

Editado por HARLEQUIN IBÉRICA, S.A.
Núñez de Balboa, 56
28001 Madrid

© 2014 Maya Blake
© 2015 Harlequin Ibérica, S.A.
El dulce sabor de la inocencia, n.º 2368 - 11.2.15
Título original: What the Greek Can't Resist
Publicada originalmente por Mills & Boon®, Ltd., Londres.

I.S.B.N.: 978-84-687-5530-4
Depósito legal: M-30891-2014
Editor responsable: Luis Pugni
Impresión en CPI (Barcelona)
Fecha impresion para Argentina: 10.8.15
Distribuidor exclusivo para España: LOGISTA
Distribuidor para México: CODIPLYRSA
Distribuidores para Argentina: Interior, DGP, S.A. Alvarado 2118.
Cap. Fed./Buenos Aires y Gran Buenos Aires, VACCARO HNOS.

Capítulo 1

EL APARCAMIENTO estaba tan tranquilo como había esperado. Perla Lowell, dentro del Mini prestado, buscó las palabras adecuadas. Después de dos horas, no había pasado de las cuatro líneas. Le faltaban tres días para tener que dirigirse a los amigos y familiares y no sabía qué decir. En realidad, sí sabía qué decir, pero no era verdad. Nadie podía saber la verdad. Toda su vida, desde hacía tres años, había sido una mentira absoluta. No podía extrañarle que las manos le temblaran cada vez quería escribir ni que el corazón se le acelerara por las mentiras que había tenido que contar para mantener las apariencias. Sin embargo, ¿qué podía hacer? ¿Cómo podía humillar a cambio de cariño? Si no dijera lo que se esperaba que dijera, la devastación sería insoportable para ella. Rompió el papel en mil pedazos, se desbordaron las emociones que había estado conteniendo desde hacía tanto tiempo que ya ni se acordaba y las lágrimas se le amontonaron en la garganta. Tiró los trozos del papel por el aire, se tapó la cara con las manos y esperó que por fin, por fin, pudiera llorar.

No lloró. Las lágrimas se resistieron a brotar, como habían hecho desde hacía dos semanas, como si quisieran castigarla por haberse atrevido a esperar algo de ellas cuando sabía que llorar sería una farsa porque, en el fondo, se sentía aliviada, se sentía nueva. Dejó caer las manos lentamente, miró por el parabrisas y se fijó en el edificio georgiano que tenía enfrente. Macdonald Hall conservaba el encanto de un club exclusivo con un campo de golf que no se veía detrás de la imponente fachada. Ese club centenario solo permitía que el común de los mortales entrara en su coctelería de siete a doce de la noche. Tragó saliva y sintió rabia por no dejarse llevar. Por una vez, podría ser normal y no tendría que medir las palabras cuando estaba renegando de su destino. Sin embargo, naturalmente, tenía todo un futuro por delante. Agarró el bolso con angustia. Allí estaba tan lejos que no la reconocerían. Al fin y al cabo, había conducido durante más de una hora para encontrar un sitio donde pudiera serenarse y pensar lo que tenía que decir. Efectivamente, el viaje había sido estéril hasta el momento, pero todavía no estaba dispuesta a volver y a encontrarse con gestos compasivos y miradas comprensivas.

Volvió a fijarse en Macdonald Hall. Bebería algo y volvería al día siguiente. Abrió el bolso, sacó el cepillo e intentó dominar los rizos. Cuando tocó el lápiz de labios, casi lo desechó. El carmesí no era su color preferido y tenía ese pintalabios porque se lo dieron gratis cuando compró unos libros. Nunca se atrevería a usar algo tan descarado, aunque lo encontrara muy sensual en otras mujeres. Lo abrió con los dedos temblorosos, se miró en el retrovisor y se pintó los labios. La imagen voluptuosa que la miró desde el espejo hizo que rebuscara un pañuelo en el bolso, pero no lo encontró y volvió a mirarse. Se le alteró el pulso. ¿Era tan horrible que por una noche se sintiera como alguien distinto a Perla Lowell? ¿Era tan horrible que se olvidara durante unos minutos del dolor y la humillación que había sufrido durante tres años?

Se bajó del coche antes de que pudiera cambiar de opinión. Quizá hiciese mucho tiempo que no era una asidua a las fiestas, pero sabía que el sencillo vestido negro sin mangas y los zapatos bajos eran adecuados para ir a una coctelería, donde nadie la conocía, un martes por la noche. Además, si no lo eran, lo peor que podía pasar era que le pidieran que se marchara y eso era una insignificancia en comparación con la monumental farsa en la que había vivido.

Un portero elegantemente vestido la acompañó por un pasillo forrado de madera hasta una puerta doble con una placa dorada que indicaba que era el bar. Otro hombre, igual de elegante, le abrió la puerta y se llevó la mano a la gorra. Desorientada, se fijó en la discreta pero elegante decoración antes de dirigir la mirada a la barra larga y algo baja. El camarero agitaba una coctelera de plata mientras hablaba con una pareja. Ella, por una fracción de segundo, se planteó darse media vuelta y marcharse, pero hizo un esfuerzo y fue hasta el extremo vacío de la barra. Tomó aliento, se sentó en un taburete y dejó el bolso encima de la barra. ¿Qué hacía?

—¿Qué hace una chica tan guapa como usted en un sitio como este?

Esa frase tan manida hizo que dejara escapar una risa nerviosa antes de darse la vuelta.

—Eso está mejor. Por un segundo, he creído que se había muerto alguien y no me lo habían dicho —el camarero la miró descaradamente con una sonrisa arrebatadora—. Es la segunda persona que entra hoy como si llegara de un funeral.

En otra vida, le habría parecido guapo y encantador, pero, desgraciadamente, vivía en esa vida y había aprendido, a un precio muy alto, que el exterior no solía coincidir con el interior.

—Me... Me gustaría beber algo —dijo ella con las manos encima del bolso.

—Claro —él se inclinó hacia delante con los ojos clavados en su boca—. ¿Cuál es su veneno?

No tenía ni idea. La última vez que estuvo en un bar así, la bebida de moda era el *Amaretto Sour*. Apretó los dientes y volvió a plantearse marcharse, pero la obstinación hizo que se quedara donde estaba. Ya había soportado bastante, ya había permitido durante demasiado tiempo que alguien pidiera por ella y dictara cómo tenía que vivir. Se había acabado. Efectivamente, el carmín carmesí había sido una mala idea y atraía demasiado la atención sobre su boca, pero no iba a permitir que le fastidiara ese acto de afirmación. Se puso muy recta y señaló una bebida roja con muchas sombrillas.

—Tomaré uno de esos.

—¿El Martini de granadina? —preguntó él con el ceño fruncido.

—Sí. ¿Tiene algo de malo?

—Es un poco... soso.

—Da igual, lo tomaré en cualquier caso —replicó ella con firmeza.

—Venga, permítame...

—Sírvale a la señora lo que quiere.

Una voz grave y profunda llegó por encima de su hombro derecho. Además, tenía un ligero acento extranjero, mediterráneo seguramente, que hizo que se estremeciera.

El camarero palideció antes de asentir con la cabeza y de alejarse para preparar el cóctel.

Perla sentía su presencia silenciosa detrás de ella, una presencia que la rodeaba con una fuerza inconfundible. Notaba el peligro, pero no podía moverse aunque quisiera.

—Dese la vuelta —le ordenó él en voz baja.

Ella se puso más rígida y agarró el asa del bolso. Era otro hombre que quería someterla.

—Mire, solo quiero que me dejen tranquila y...

—Dese la vuelta si no le importa.

Si no le importaba... La frase, algo anticuada, le picó la curiosidad y eso, además de su voz grave y aterciopelada, estuvo a punto de conseguir que hiciera lo que él quería, aunque siguió mirando hacia delante.

–Acabo de salvarla de ser la posible víctima de un sinvergüenza que se cree un conquistador. Lo mínimo que puede hacer es darse la vuelta para hablar conmigo.

Ella apretó los labios a pesar de que el pulso se le había alterado otra vez por su voz.

–Ni quiero ni necesito su ayuda y no deseo hablar con nadie así que...

Miró al camarero con la intención de cancelar lo que había pedido. El viaje hasta allí, las palabras que había esperado escribir, la idea de beber algo, el pintalabios carmesí... Todo había sido un desastre. Volvió a sentir el dolor que le oprimía el pecho e hizo un esfuerzo para dominar los sentimientos. Detrás, el hombre que se consideraba su salvador seguía silencioso e imponente. Sabía que estaba allí porque podía oler su aroma especiado y viril. Volvió a sentir algo desconocido en la piel. Tenía unas ganas casi incontenibles de mirar por encima del hombro, pero ya había hecho mal muchas cosas y no iba a hacer otra. Levantó una mano para intentar captar la atención del camarero, pero él solo miraba al hombre que tenía detrás y cuya presencia, aunque no sabía quién era ni lo había visto, irradiaba una fuerza mayúscula.

Atónita, vio que el camarero asentía con la cabeza, rodeaba la barra con su bebida y se dirigía hacia un rincón oscuro. Indignada, se dio la vuelta por fin y vio que el hombre, muy alto, moreno y con unos hombros increíblemente anchos, también se alejaba hacia la mesa donde habían dejado su bebida junto a otra. La furia se adueñó de ella, se bajó del taburete y se acercó a él antes de saber lo que quería hacer.

–¿Puede saberse quién se cree que es para...?

Él la miró y ella se quedó muda. Era impresionante... y tan increíblemente real que solo podía mirarlo fijamente sin salir de su asombro. Mientras intentaba asimilar su piel olivácea, sus rasgos demoledores y los reflejos canosos en el pelo y la barba incipiente, su auténtica debilidad, supo que no debería haberse dado la vuelta, que debería haber hecho caso a su instinto y haberse marchado de allí. ¿Acaso no había aprendido de su error?

Sacudió levemente la cabeza e intentó retroceder. No pintaba nada allí mirando de aquella manera a un desconocido. Si alguien se enteraba... ¡Tenía que marcharse!

Los ojos color avellana la miraron de arriba abajo y de abajo arriba. Ella contuvo el aliento y volvió a agarrar al bolso con todas sus fuerzas.

—¿Es su color verdadero? —preguntó él mirándole el pelo.

—¿Cómo dice?

—¿Ese tono rojizo es natural?

—Claro que es natural —contestó ella volviendo un poco a la realidad—. ¿Por qué iba a teñírmelo si...?

Se calló al darse cuenta de que no la conocía y no podía saber que lo que menos le importaba era teñirse el pelo. No tenía a nadie a quien agradar y estaba demasiado ocupada con sobrevivir como para pensar en frivolidades como el color del pelo.

—Sí, es natural. ¿Ahora me explicará a qué está jugando? Se ha apropiado de mi bebida.

—Había perdido los modales y solo estoy reconduciendo la situación —él separó una butaca de la mesa—. Siéntese, por favor.

Ella arqueó una ceja y se quedó de pie. Él se encogió de hombros y también se quedó de pie.

—No he perdido los modales —replicó ella resoplando con fastidio—. Usted se entrometió y se hizo cargo de una situación que tenía dominada. ¿Creía que el camarero iba a saltar la barra para atacarme delante de los clientes?

Él dejó de mirarle el pelo y la miró a los ojos.

—¿Qué clientes?

—Esa pareja que está...

Se calló cuando miró alrededor y comprobó que la pareja se había marchado.

–Es un sitio respetable –siguió ella–. Esas cosas no pasan aquí.

–¿Tiene datos para decir eso? ¿Viene mucho por aquí?

–No, claro que no –contestó ella sonrojándose–. Tampoco soy una ingenua. Yo... solo creo que...

–¿Los depredadores con trajes hechos a medida son menos peligrosos que lo que llevan sudadera? –preguntó él con una sonrisa que no se reflejó en sus ojos.

–No quería decir eso. Vine a beber algo tranquilamente.

Ella miró su cóctel rojo junto al licor oscuro de él. Eso estaba escapándosele de las manos y tenía que volver antes de que tuviera que explicar más cosas todavía.

–Todavía puede beberlo –intervino él señalándole la butaca–. Además, no tiene por qué darme conversación. Podemos sentarnos sin... hablar.

Sus palabras le picaron la curiosidad... o quizá solo quisiera algo que la distrajera del dolor y el caos que la esperaban cuando saliera de allí. Intentó ver más allá de semejante belleza, de los poderosos hombros bajo un traje impecable y una corbata de seda un poco suelta, del pelo ligeramente despeinado, como si se hubiese pasado una mano varias veces... Tenía unas arrugas muy profundas a los lados de la boca y el corazón se le aceleró por lo que vislumbró en sus ojos. Supo que ese hombre no iba a aprovecharse de una mujer vulnerable o incauta. Eso no quería decir, ni mucho menos, que las mujeres estuviesen a salvo de la sensualidad y atractivo que rezumaba, pero esa noche, fuera quien fuese ese hombre, el dolor que había vislumbrado se parecía tanto al de ella que le costó respirar. Él entrecerró los ojos como si hubiese captado lo que estaba sintiendo. Se puso rígido y apretó los labios. Ella creyó por un instante que iba a echarse a atrás, pero se acercó a la butaca y tocó el respaldo.

–Siéntese, por favor.

Perla se sentó en silencio y él le acercó el cóctel.

–Gracias –murmuró ella.

Él inclinó la cabeza y levantó su copa para brindar.

–Por el silencio.

Ella brindó con una sensación irreal mientras bebía y lo miraba por encima del borde de la copa. El alcohol le abrasó y enfrió la garganta a la vez. El sabor punzante de la granadina hizo que cerrara los ojos con deleite, pero volvió a abrirlos al notar la mirada penetrante de él. Otra vez, parecía fascinado con su pelo y ella necesitó todo el dominio de sí misma que tenía para no tocárselo. Sorbió con fuerza por la pajita en parte para terminar antes la bebida y marcharse y en parte para hacer algo que no fuese mirar a ese hombre aterradoramente hermoso.

Bebieron en silencio hasta que ella, con un fastidio muy inquietante, dejó la copa vacía. El desconocido hizo lo mismo.

–Gracias.

–¿Por qué?

–Por contener las ganas de hablar de tonterías sin sentido.

–Si hubiese querido hablar, habría venido con alguien o habría llegado antes, cuando hay más gente. Supongo que usted ha elegido esta hora por lo mismo.

Una sombra de dolor la cruzó el rostro, pero desapareció al instante.

–Supone bien.

–No tiene que darme las gracias.

Él se limitó a mirarle el pelo otra vez, pero cuando bajó la mirada a sus labios, Perla no pudo evitar pasarse la lengua por el labio inferior. Él dejó escapar un sonido que la estremeció. Nunca había provocado una reacción así a un hombre y no sabía si sentirse aterrada o complacida.

—¿Está alojado aquí, en Macdonald Hall? —preguntó ella para aliviar el aluvión de sensaciones.

—Sí, durante unas noches —contestó el desconocido apretando un puño sobre la mesa.

—No sé por qué, pero me da la sensación de que no quiere estar aquí.

—No siempre podemos hacer lo que queremos, pero tengo que quedarme unos días aunque no me agrade.

—Entonces, ¿va a pasar de la copa a una botella en breve? —preguntó ella mirando la copa vacía.

—Es posible que beber sea una forma de conseguir que el tiempo pase más deprisa.

Una llama peligrosa le abrasó las entrañas, pero, aun así, Perla no pudo moverse.

—Cuando, rozando la medianoche, estás solo en un bar, no veo muchas cosas más que puedan distraerte —replicó ella con una voz tan ronca que no la reconoció.

—No estoy solo —él arqueó una ceja—. La he salvado, a una damisela en apuros, y tengo la recompensa de su compañía, por el momento.

—No soy una damisela en apuros. Además, no me conoce de nada. Podría ser una de esas depredadoras que usted mencionó, señor...

Él no dijo su nombre, aunque ella se lo hubiese preguntado descaradamente, y señaló las copas vacías al camarero de la barra.

—Creo que no debería beber otra copa...

—Estamos conociéndonos —la interrumpió él mirándola a los ojos—. Estaba hablándome sobre lo que es ser un depredador despiadado.

—Y, hace diez minutos, usted quería estar solo, ¿se acuerda? Además, ¿qué le hace pensar que quiero conocerlo?

Él esbozó una sonrisa entre segura de sí misma y autocompasiva que le pareció una combinación intrigante.

–No lo sé y le pido perdón por haberlo dado por supuesto. Si quiere marcharse, hágalo.

Una vez más, esas palabras amables y arrogantes a la vez la sacaron de sus casillas, pero no podía dejar de mirar a ese hombre fascinante que, a pesar de la fuerza que irradiaba, transmitía un dolor y una tristeza que la desconcertaba. Se pasó la lengua por los labios y se arrepintió en cuanto él clavó los ojos en su boca.

–No necesito que me dé permiso, pero... beberé otra copa.

–*Efharisto*.

El corazón de ella dio un vuelco por la forma tan sensual de decir esa palabra.

–¿Qué quiere decir?

–Gracias, en griego.

–¿Es griego? Me encanta Grecia. Estuve en Santorini hace años para asistir a la boda de un cliente. Entonces pensé que algún día me gustaría casarme allí. Eso lo eleva a uno de los sitios más bonitos de la tierra y... –ella se paró bruscamente cuando el rostro de él se puso en tensión–. Lo siento, estoy hablando de tonterías sin sentido.

–No tiene tan poco sentido como me había imaginado –él esbozó una levísima sonrisa–. Entonces, le encanta Grecia. ¿Qué más le encanta?

–¿Ahora es cuando debería decir que los largos paseos bajo la lluvia con alguien especial?

–Solo si es verdad. Yo detesto la lluvia. Prefiero el sol y el mar.

–¿Ese alguien especial es opcional?

Volvió a captar esa expresión entre dolorida y de remordimiento, pero esa vez duró un rato antes de que se encogiera de hombros.

–Si tienes la suerte de poder elegir y de agarrarte a esa buena suerte.

Ella se mordió el labio inferior y no pudo contestar porque el camarero les llevó las bebidas. Bebieron en silencio, pero esa vez, cuando él la miró, pudo aguantarle la mirada. Las sienes entrecanas y la barba incipiente perfectamente cuidada le daban un aspecto imponente e irresistible que le aceleró el corazón. Le pareció vagamente conocido y acabó decidiendo que debería de haberlo visto en algún periódico o en la televisión. Su aire de poderío confirmaba esa teoría y, además, se alojaba en Macdonald Hall, uno de los clubs más exclusivos del país.

Él, sin dejar de mirarla, se llevó la copa a la boca. Una oleada ardiente se adueñó de ella y llegó hasta rincones que creía que estaban congelados para siempre. Intentó convencerse de que era por el alcohol, pero, con rabia, se obligó a ver la verdad. Ya no iba a mentirse para aliviar el dolor. ¡No lo haría nunca más! Ese hombre la atraía. Le atraía su rostro impresionante y surcado por el dolor, sus ojos color avellana, su mentón con barba incipiente y que parecía tan áspero como sus dedos curtidos y viriles. Las imágenes que proyectaba en su cabeza deberían escandalizarla, pero, esa noche, no iba a escandalizarse ni avergonzarse de nada. Además, ¿desde cuándo era un delito mirar?

–Ten cuidado, pequeña. Este lobo grande y malo tiene unos dientes muy afilados.

La advertencia, dicha con delicadeza, la devolvió a la realidad. ¿Qué estaba haciendo? Dejó la copa precipitadamente, se levantó y agarró el bolso.

–Yo... Tiene razón. Soy prudente por definición. Gracias por la copa... y por la compañía.

Él también se levantó y ella se quedó sin aliento por su imponente tamaño.

–¿Ha venido en coche?

–Sí, pero no he bebido casi nada de la segunda copa y...

–Mi conductor la llevará a casa.

Una mezcla de miedo y angustia se adueñó de ella al imaginarse las habladurías si volvía a su casa en el coche de un desconocido. Era casi medianoche, pero bastaría con que la viera una persona para que el rumor prendiera como la pólvora.

–No. Es muy amable, pero no hace falta.

Él entrecerró los ojos e hizo una mueca de disgusto. Ella retrocedió dos pasos para que dejara de mirarla así, pero él la siguió.

–Al menos, déjeme que la acompañe hasta el coche.

–Puedo ir perfectame...

–No era una pregunta.

–¿No me ha prevenido contra los depredadores vestidos con trajes hechos a medida?

Él volvió a esbozar esa sonrisa triste, introdujo sus maravillosos dedos en el bolsillo de la chaqueta y sacó un teléfono móvil. Marcó los tres números del teléfono de emergencias y le ofreció el aparato a ella.

–Pulse el botón para llamar si le parece que la he mirado mal, pero voy a acompañarla y a cerciorarme de que se monta en su coche.

Ella tomó el móvil con la mano temblorosa, sus dedos se rozaron y sintió una calidez repentina por dentro. Tardaron diez minutos en llegar al coche, pero le pareció el paseo más largo de su vida. El desconocido alto y peligroso tenía que aminorar el paso para mantenerse a su altura y ella notaba su mirada abrasadora, pero hizo un esfuerzo para no mirarlo porque si lo miraba, cedería a esa necesidad que la atenazaba por dentro. Sin embargo, tenía la sensación de que era una batalla perdida. ¿Qué había conseguido al ir allí? Nada. Ni siquiera había esbozado eso que daría cualquier cosa por no tener que revivir y sobrellevar. ¿Tan malo sería alargar un poco ese momento con ese desconocido perfecto? Suspiró para sus adentros. ¿A quién quería engañar? El destino le había dado la espalda siempre, ¿por qué iba a ser distinta esa noche? Se detuvo junto al coche, se dio la vuelta y le devolvió el móvil.

–Ya le dije que no era necesario, pero gracias.

–Todavía no ha pasado el peligro –replicó él sin mirar el aparato.

–¿Qué quiere decir? –preguntó ella casi sin poder respirar.

Él se acercó más y su calor corporal hizo que la cabeza le diese vueltas.

–Quédese un rato más. No quiero que nuestra conversación termine... todavía.

–¿Por qué?

–Porque...

Él frunció el ceño y sacudió la cabeza.

–¿Porque...?

Sus ojos color avellana la clavaron en el suelo. Le miró el pelo, el rostro, el cuello y los pies. Dijo algo en griego y volvió a mirarla a la cara.

–¿Cómo se llama?

–Pearl...

No era verdad del todo, pero, de pequeña, era muy corriente que confundieran su nombre, muy raro, con Pearl, que era más normal. Además, el anonimato hacía que se sintiera protegida.

Él le miró los labios y el mensaje fue tan claramente sexual que ella se quedó sin respiración.

–Pearl, tengo la necesidad incontenible de besarte. ¿Quieres salir corriendo por eso?

La desolación que captó en sus palabras le llegó muy hondo y vio que sus ojos se oscurecían por el dolor. Antes de darse cuenta, le tomó las mejillas entre las manos.

–No, pero sí quiero saber qué te pasa.

Él dejó escapar un sonido, como si fuese un animal orgulloso pero herido.

–Nada. No quiero aburrirte esta noche.

–¿Qué te hace pensar que voy a aburrirme? A lo mejor lo necesito tanto como tú –se acercó un poco más a él–. A lo mejor quiero darte lo que quieres porque también es lo que quiero yo.

Le parecía un poco absurdo mantener esa conversación con él, pero también le parecía... extrañamente acertado.

–Ten cuidado con lo que quieres, pequeña.

–He tenido mucho cuidado, demasiado a veces. Estoy cansada de tener cuidado.

Él puso una mano encima de la de ella y la barba incipiente meticulosamente cuidada desencadenó una corriente eléctrica que le recorrió todo el cuerpo.

–No tientes si luego vas a echarte atrás –le advirtió él.

–¿Estás desafiándome?

–Estoy previniéndote. No quiero asustarte y a lo mejor deberías marcharte ahora... o quedarte si eres suficientemente valiente. Tú decides, pero decídelo deprisa.

Contradiciendo sus palabras, le agarró un mechón de pelo y se lo acarició repetidamente. Ella, atrapada por esa sensación tan extraña y tan agradable a la vez, cerró la poca distancia que había entre ellos. Él la agarró con fuerza y la dejó sin respiración al estrecharla contra ese metro noventa de músculo. La besó en la boca antes de que pudiera recuperar la respiración. Todos los pensamientos se le borraron de la cabeza por la sacudida eléctrica. La besó como si la necesitara para vivir. Eso hizo que pudiera disfrutarlo, que formara parte de ese proceso curativo que los dos necesitaban. Gruñó y se estrechó a él hasta que sintió los latidos de su corazón en los pechos. Él la agarró de la cintura, la sentó en al capó del coche, introdujo las manos entre su pelo para inclinarle la cabeza y profundizó el beso. No se separaron hasta que tuvieron que respirar. Ella vio que él tenía los labios un poco manchados de carmesí y se los acarició con un dedo. Él dejó escapar un sonido que fue una mezcla de dolor y placer.

–Yo... –Perla no sabía qué decir para que lo que estaba sucediendo tuviera sentido–. ¿Ya está...?

Ella esperó, desde lo más profundo de su ser, que contestara que no.

–No. Tienes un sabor embriagador y quiero dejarme arrastrar.

Le tomó la cara entre las manos y la besó mientras decía algo en griego. Cuando la soltó, tenía la respiración entrecortada y apoyó la frente en la de ella.

–*Theos*... Es un disparate, pero no puedo apartarme de ti todavía –sus ojos color avellana la miraron con un anhelo solo comparable al que la abrasaba por dentro–. Quédate conmigo.

Ella lo decidió al instante y le asustó tanto que hizo un esfuerzo para no decir nada. Volvió a acariciarle los sensuales labios. Él le tomó la mano y le besó los nudillos. Entonces, ella se acordó de que tenía el móvil de él en la otra mano, que bastaría con un ligero movimiento del pulgar para que todo eso terminara. También podía dar la respuesta que necesitaba dar y recuperar una pequeña porción de sí misma antes de que tuviera que enfrentarse con el mundo.

–Ni siquiera sé cómo te llamas.

–Me llamo Arion. Si lo prefieres, puedes llamarme Ari.

–No. Prefiero llamarte Arion –le encantaba fruncir los labios para decir su nombre–. Arion.

–¿Te gusta mi nombre? –le preguntó él con la voz ronca.

–Me encanta tu nombre. No lo había oído antes. Arion...

Él la miró como si quisiera leer sus pensamientos más íntimos.

–Esa forma de decir mi nombre... Eres peligrosa, Pearl.

Ella no pudo contener más la risa que había estado sofocando por el dolor de existir.

–¿Peligrosa? Eso sí que es nuevo.

–¿Qué te han llamado los demás hombres?

La humillación que conocía tan bien amenazó con apoderarse de ella, pero lo impidió con firmeza. Esa noche era su noche y los pensamientos del pasado no iban a estropearla.

–¿Qué crees que me han llamado?

–Asombrosa. Impresionante. Una belleza que haría palidecer de envidia a la propia Afrodita –susurró él–. Tienes un pelo increíble, del color de una puesta del sol en Grecia.

Ella se quedó sin respiración y tuvo que parpadear para contener las lágrimas.

–¿Me he aproximado? –siguió él acariciándole una mejilla con la barba incipiente.

–Ni mucho menos –contestó ella derritiéndose por dentro–, pero que eso no te disuada.

–Preciosa Pearl, quiero ver tu pelo sobre mi almohada, quiero hundirme en él...

Ella se apartó un poco para mirarlo y, otra vez, vio el dolor reflejado en su rostro, aunque mezclado con un deseo abrasador e inconfundible.

–¿Te da miedo? –añadió Arion.

–Me gustaría contestar que no, pero sí me da un poco de miedo. Nunca había hecho algo así, pero te deseo mucho –tanto que no podía pensar con claridad. La necesidad de olvidarse de lo que se avecinaba eran tan fuerte que no podía ni respirar–. Te anhelo tanto que no sé cuánto tiempo podre resistirlo.

–Entonces, quédate. Te daré todo lo que deseas –se quedó inmóvil cuando iba a besarla otra vez–. A no ser que no estés libre...

–¿Qué quieres decir?

–¿Hay un marido u otro hombre?

Ella también se quedó inmóvil por el remordimiento. Sin embargo, era su noche y el día siguiente llegaría enseguida.

–Estoy libre, Arion. Me quedaré esta noche contigo si quieres.

Probablemente, su suite era el colmo del lujo, pero con Arion besándola, con sus dedos entre su pelo, con su cuerpo cálido y duro estrechado contra el de ella, no pudo fijarse en nada, solo en que el botón que había pulsado en el ascensor era el de la suite real. Sí se fijó en el enorme sofá de terciopelo rojo donde la dejó nada más entrar en la inmensa sala, pero se olvidó en cuanto se quitó la chaqueta y la corbata. Se le secó la boca mientras él se desabotonaba la camisa y una oleada de deseo le recorrió el cuerpo cuando vio su pecho musculoso, color bronce y sin vello. Su belleza impresionante hizo que le brotara un anhelo como no había conocido jamás.

Sin embargo, no fue nada en comparación con lo que sintió cuando se bajó los pantalones y se quitó los calzoncillos de algodón. Su erección era poderosa, orgullosa... y enorme. Entonces, cayó en la cuenta de la enormidad de lo que estaba haciendo. Estaba a punto de perder la virginidad con un desconocido.

Capítulo 2

PERLA se estremeció y tuvo que hacer un esfuerzo para que los dientes no le castañetearan.

—¿Tienes frío? —preguntó él con el ceño fruncido.

Ella negó con la cabeza y dejó escapar una risa forzada.

—Estoy un poco nerviosa. Yo no...

Perla se calló. ¿Para qué iba a decirle que no tenía experiencia? Lo complaciera o decepcionara, jamás volvería a ver a ese hombre impresionante. Estaban utilizándose para olvidar el dolor y no era el momento de desvelar los secretos más íntimos.

—No pasa nada.

Él asintió con la cabeza como si lo entendiera, se acercó y se inclinó sobre ella.

—Te prometo que estará bien.

Ella se olvidó de todo. El beso fue más profundo y abrasador que el del coche y la lengua le transmitió todo el anhelo de él. La agarró del pelo entre gruñidos de placer y ella le acarició los hombros firmes, cálidos y desnudos. Su piel era aterciopelada y bajó las manos por su espalda. Cuando le tomó el trasero desnudo entre las manos y le clavó las uñas, él apartó los labios con un gruñido, jadeó y la miró a los ojos con un deseo desbordante.

—Prométeme que harás eso cuando esté dentro de ti.

—Lo prometo —aseguró ella sin saber de dónde había sacado la fuerza para hablar.

Él le pasó la punta de la lengua por la comisura de los labios. Fue un gesto muy sencillo, pero tan erótico que creyó que iba a arder en llamas por dentro.

–Para conseguirlo, *glikia mou*, tienes que estar tan desnuda como yo.

Perla se miró y le sorprendió que la ropa no se hubiese desintegrado por la fuerza de su deseo. Él la incorporó un poco y le bajó la cremallera del vestido. Otra vez, unos pensamientos se entrometieron y amenazaron con estropear el momento. ¿Podía saberse qué estaba haciendo?

Él como si lo hubiera notado, se dio más prisa y, al cabo de unos segundos, estaba recorriéndole el cuello con los labios, reavivando las llamas que volvían a abrasarla por dentro.

–Pearl, dime cómo te gusta –susurró él entre sus pechos–. Dime cuál es tu postura favorita.

El pánico se apoderó de ella y le dio vueltas a la cabeza para buscar términos que había oído.

–Estilo perrito –soltó ella poniéndose roja como un tomate.

Afortunadamente, él no se dio cuenta. Por algún motivo, parecía tan fascinado por sus pechos como por su pelo. Con ellos entre las manos, le lamió primero un pezón endurecido y luego el otro. Sonrió por el profundo gemido de ella.

–También es una de mis posturas favoritas.

Él le mordisqueó levemente los pezones y fue bajando los besos hasta que ella se dio cuenta del destino. Le puso una mano en un hombro, pero él no hizo caso.

–No...

–¡Sí!

Le separó los muslos con una mirada ardiente. Ella contuvo el aliento, pero volvió a soltarlo por el placer que sintió cuando le pasó la lengua. Antes de que pudiera reaccionar a esa oleada, él empezó una serie de movimientos que hizo que viera las estrellas. La complacía experta e implacablemente para que perdiera el dominio de sí misma. Perla, dominada por unas sensaciones desconocidas para ella, contuvo el impulso de retirarse de esa lengua perversa y dejó caer la cabeza sobre un cojín mientras se dejaba arrastrar hacia una felicidad deslumbrante.

–Arion... Dios mío... ¡Oh...!

Gritó cuando alcanzó el clímax y se arqueó entre sollozos de placer. Sollozó más todavía cuando él la tomó entre los brazos susurrando palabras tranquilizadoras que necesitaba con toda su alma. Al cabo de una eternidad, él empezó a separarse y ella se quejó.

–Paciencia –él le dio un beso–, ahora empieza la diversión.

Perla se secó las lágrimas, abrió los ojos y vio que estaba poniéndose un preservativo. Sintió otro arrebato de deseo al verlo grande, poderoso y dispuesto. Sin embargo, cuando empezó a entrar, sintió cierto dolor y una sensación de alejamiento, pero se disipó en cuanto entró más profundamente. Él se detuvo ante la resistencia que encontró.

–No estás preparada. Lo siento, he sido un poco impaciente.

Ella introdujo las manos entre su pelo.

–Te deseo.

Él gruñó y la besó.

–No estás preparada y no quiero hacerte daño.

Perla, que entendió mal, separó más los muslos y arqueó un poco las caderas.

–Ya estoy preparada.

Arion levantó la cabeza y la miró con cierto desconcierto.

–Pearl...

–Por favor, no nos hagas esperar.

Envalentonada por al gruñido de él, se arqueó un poco más y él entró otro centímetro. La incomodidad aumentó, pero el placer posterior compensó el dolor momentáneo. Se le entrecortó la respiración y Arion la agarró del pelo.

–*¡Theos!* Es muy pequeño, es maravilloso.

Sintió la calidez de su aliento en el cuello justo antes de que la besara en la boca. Introdujo la lengua en su boca tan implacablemente como sus acometidas. La felicidad se adueñó de ella completamente y no sabía dónde empezaban y dónde terminaban las sensaciones. Le rodeó la cintura con las piernas y lo tomó completamente dentro de su cuerpo. El placer la devastaba como un maremoto, pero cuando fue a dejarse arrastrar, él salió, se puso de pie y la levantó.

–De rodillas –le ordenó–. Ha llegado el momento de que te dé lo que quieres.

Perla obedeció con el corazón desbocado por la emoción. Él se colocó detrás de ella, la inclinó sobre el sofá y entró por detrás.

–¡Dios mío!

Le exclamación le salió del alma y el placer fue tan profundo que creyó que iba a desmayarse.

Arion introdujo los dedos entre su pelo una y otra vez mientras acometía. Ella nunca se había imaginado que el pelo pudiera ser tan erógeno. En realidad, nunca había pensado que pudiera existir un placer así. Cuánto se había equivocado. Gritó mientras él la penetraba repitiendo su nombre. Una vez más, el abismo se acercaba y las estrellas iban a deslumbrarla para siempre. Arion, detrás de ella, se puso de rodillas y tiró de ella hacia atrás sin aminorar el ritmo.

–Cabálgame –le pidió con la voz ronca y apremiante.

Perla separó las piernas un poco más y se dejó caer hacia atrás. El cambio de ritmo hizo que el placer fuese

mayor todavía. Apoyó las manos en el sofá para suje-
tarse y se contoneó. Sofocó un grito cuando el orgasmo
la arrolló. Él la agarraba con una mano por debajo de los
pechos y con la otra le acarició el clítoris para alargar el
clímax. La oleada parecía interminable y él seguía aco-
metiendo a pesar de que ella suplicaba compasión.
Cuando creía que iba a morir de placer, oyó un gruñido.
Él metió la cabeza entre su pelo y las acometidas fueron
más irregulares por los espasmos de placer. Unos minutos después, la besó en el cuello y el hombro agarrándola
de la cintura con una mano.

—No sé si eres un ángel o una bruja, si estás para ator-
mentarme o para llevarme al Cielo.

Ella dejó escapar un suspiro de felicidad.

—¿Puedo ser las dos cosas?

—Con un pelo como el tuyo, puedes ser lo que quieras.

Ella consiguió levantar la cabeza y lo miró por encima del hombro.

—Tienes una fascinación muy rara con mi pelo.

—Una fascinación que incluye verlo sobre mi almohada.

Salió de ella con un gruñido, la tomó en brazos, recorrió un corto pasillo y tampoco se fijó casi en el sitio que
la rodeaba. Arion se puso otro preservativo mientras la
miraba de una forma que la excitó como nunca había so-
ñando que fuese posible. Cuando se adueñó de su cuerpo
otra vez, Perla se entregó como una esclava voluntaria
de ese placer.

Se despertó sobresaltada e intentó no despertar al hombre que tenía al lado. Miró el reloj de la mesilla y vio que
eran las dos y media. Observó a Arion. Ni siquiera sabía
su apellido y él tampoco sabía su verdadero nombre, lo

cual, era una bendición aunque sus caminos no volverían a cruzarse jamás. Era un hombre impresionante y jamás olvidaría los placeres que le había enseñado. Notó que los pezones se le endurecían otra vez solo de ver su pecho que subía y bajaba al respirar. Se levantó, se vistió en silencio y reprimió esa parte de sí misma que esperaba que él se despertara y le impidiera marcharse. Solo serían dos barcos que se habían cruzado en la noche. Ella llevaba demasiado a las espaldas y, según lo que había vislumbrado en los ojos de él, sus espaldas tampoco estaban vacías. Aun así, sus dedos no le subieron la cremallera. Quizá no tuviese que acabar así, quizá ella pudiera... ¿Quedarse? ¿Cómo podía plantearse siquiera algo así? Tenía que marcharse aunque solo fuera para escribir lo que quería decir al grupo de personas que asistirían al funeral de su difunto marido.

Capítulo 3

LA PEQUEÑA capilla estaba abarrotada. Fuera, las camionetas y los periodistas esperaban la oportunidad de conseguir la foto que satisficiera la curiosidad de la prensa por ese entierro.

Perla no había tenido valor para darse la vuelta. Había mirado una vez mientras entraba la gente y se había aterrado, pero no había visto las tres limusinas que habían aparcado delante de la capilla. Eran los jefes de Morgan. Seguramente, Sakis Pantelides y algunos ejecutivos de la naviera Pantelides Inc.. La carta que comunicaba que asistirían había llegado el día anterior.

Debería estar agradecida porque se hubiesen molestado en asistir, sobre todo, si se tenían en cuenta las infames circunstancias que habían llevado a la muerte de Morgan, pero una parte de ella habría preferido que no se hubiesen molestado. Su presencia atraería la curiosidad de la prensa y, además, ella tenía que seguir exigiendo información a Pantelides Inc. porque le habían dado muy pocos detalles sobre lo que le había pasado a su marido.

Naturalmente, Sakis Pantelides había sido muy amable y considerado cuando le dio la espantosa noticia, pero lo cierto era que Morgan Lowell, el hombre con el que se había casado y cuyo secreto todavía mantenía, había muerto en circunstancias turbias, en un país extranjero y después de haber intentado defraudar a su jefe. Pantelides Inc. lo había encubierto para evitar la publicidad negativa. De lo que nadie se daba cuenta era de que eso era otra realidad que tenía que guardarse para sí misma, otra realidad que no podía contar a los padres de Morgan, quienes habían idolatrado a su hijo y seguían devastados por su muerte. Había tenido que enmascarar la verdad por el bien de ellos... una vez más.

Intentó concentrarse. En esos momentos, tenía que pensar en cosas más importantes. Por ejemplo, en cómo iba a poder levantarse y hablar de su marido cuando no dejaba de recordar las manos de otro hombre y las acometidas de su poderoso cuerpo. ¿Cómo había sido capaz? Sin embargo, aunque el remordimiento le atenazaba las entrañas, le vergüenza era mucho menor de lo que había esperado. En realidad, lo único que sentía casi era la presencia de su amante de una noche que vibraba dentro de ella cada vez que respiraba. Se había duchado tres veces esa mañana en un intento, vano, de borrarse su olor.

Oyó los susurros por la llegada de más asistentes. Contuvo el aliento al captar otra vez ese olor. Se mordió el labio inferior y cerró los ojos mientras rezaba para tener fuerzas.

La señora Clinton, una vecina algo mayor y su única amiga, le tomó la mano y ella se la apretó con agradecimiento. La mujer, perspicaz y sensatamente, se había colocado entre los padres de Morgan y ella, pero notaba su desolación. Tenía que mantener el tipo por lo cariñosos que habían sido con ella. Ellos eran el único motivo para que hubiera sobrellevado esa humillación. Morgan lo había sabido y lo había utilizado para chantajearla cuando quiso abandonarlo.

–No te preocupes, cariño, todo habrá terminado dentro de una hora. Yo pasé por lo mismo con Harry –susurró la mujer–. Todos tienen buena intención, pero no saben que en momentos como estos lo mejor que pueden hacer es dejarte en paz, ¿verdad?

Perla intentó contestar, pero solo le salió una especie

de graznido. La señora Clinton le dio unas palmadas en la mano. Entonces, el órgano empezó a sonar y se levantó. Volvió a captar el olor y le flaquearon las rodillas. Miró a un lado y vio a un hombre imponente con una pequeña cicatriz en la ceja derecha que estaba al lado de una rubia impresionante. Era Sakis Pantelides, el hombre que la había llamado hacía dos semanas para comunicarle la muerte de su marido. Sus condolencias habían sido sinceras, pero, después de haberse enterado de lo que Morgan había hecho a su empresa, no estaba tan segura de que su asistencia fuese para ofrecer respaldo. Miró el brazo que rodeaba posesivamente a Brianna Moneypenny, su prometida, y sintió una punzada de envidia. Él la saludó con un gesto de la cabeza antes de volver a mirar al frente.

Ella también volvió a mirar al frente, pero la inquietante sensación que notaba en la nuca fue más intensa. Una sensación que fue aumentando a medida que avanzaba la ceremonia y, cuando el sacerdote anunció que iba a decir unas palabras en recuerdo de su marido, un nudo de nervios le oprimió el estómago. Lo dejó a un lado. Eso no tenía nada que ver con la familia Pantelides, sino que se debía a lo que había hecho el martes por la noche, algo que no venía a cuento en ese momento.

Independientemente de lo que hubiese pasado por culpa de Morgan, tenía que hacer aquello sin desmoronarse y tenía que soportarlo por sus suegros. Ellos le habían ofrecido el único hogar que había conocido y el único cariño que había soñado cuando era una niña. La señora Clinton le dio otra palmada y le pareció oír que alguien tomaba aliento con fuerza detrás de ella, pero no se dio la vuelta. Necesitaba toda la concentración posible para poder pasar al lado del ataúd con su marido. El marido que disfrutó humillándola cuando estaba vivo. El marido que parecía burlarse de ella incluso cuando estaba muerto. Llegó al atril y desplegó el papel. Estaba dominada por los nervios y no podía levantar la mirada del papel aunque sabía que era de mala educación. Se aclaró la garganta y se acercó más al micrófono.

—«Conocí a Morgan en el bar el primer día que fui a la universidad. Yo llegaba de fuera, estaba obnubilada y no sabía ni lo que era un café con leche y especiado con calabaza. Él, en cambio, era el chico de la ciudad que estaba en segundo y con el que querían salir todas las chicas. Aunque no me pidió que saliera con él hasta que estuve en el último curso, creo que me enamoré de él a primera vista...»

Perla siguió leyendo sin darle importancia al error que cometió con el hombre con el que se casó, a lo crédula que había sido para no ver la realidad hasta que fue demasiado tarde. No era el momento de pensar en el pasado y dijo lo que tenía que decir, honró al hombre que no pensó ni por un momento en honrarla a ella.

—«Siempre recordaré a Morgan con una pinta de cerveza en la mano y un brillo en los ojos mientras contaba chistes subidos de tono en el bar de la universidad. Ese era el hombre del que me enamoré y el que siempre permanecerá en mi corazón».

Las lágrimas le agarrotaron la garganta, pero las tragó, dobló el papel y, por fin, reunió valor para levantar la mirada.

—Gracias a todos por haber venido y...

Se quedó muda cuando su mirada se encontró con unos ojos color avellana que conocía muy bien y dolorosamente. Las rodillas cedieron. Se agarró como pudo al atril, pero la mano no la sujetó. Alguien gritó y fue hacia ella. Ella, incapaz de respirar y de mantenerse en pie, también gritó. Algunas personas se acercaron, la agarraron y la ayudaron a bajar de la tarima. Entretanto, Arion Pantelides la miraba fijamente junto a Sakis Pantelides, su hermano. Sus ojos tenían un brillo gélido y no dejaron de mirarla hasta que todo su cuerpo quedó inerte.

Ari intentó respirar a pesar de la rabia y la amargura, pero no hizo caso del dolor. ¿Por qué iba a sentir dolor? Él era el único culpable. Después de todo lo que le había arrojado la vida, se había atrevido a creer que podía alcanzar la bondad cuando no existía. Solo sentía decepción, desengaño y asco. Sin embargo, la rabia se abrió paso mientras miraba a Pearl... no, a Perla Lowell, a la mujer que le había mentido sobre su nombre y se había metido en su cama mientras el cuerpo de su marido casi seguía caliente. El asco se adueñó de él. Incluso en ese momento, el deseo le atenazaba las entrañas al acordarse de lo que habían hecho. Apretó los dientes e hizo un esfuerzo para abrir los puños mientras sofocaba esa sensación.

Se había deshonrado completamente. Había cedido a la tentación en el más sagrado de los días, cuando debería haber estado honrando a su pasado; a la tentación con la mujer menos indicada. Una mujer que era tan falsa y tan inmunda como el marido que estaba enterrando.

—¿Sabes qué le está pasando? —le preguntó Sakis.

—Es el entierro de su marido —contestó él sin mirarlo—. Me ha parecido evidente que ha sucumbido al dolor.

Esas palabras le dejaron un regusto amargo porque sabía que eso era lo que menos sentía Perla Lowell. ¿Qué mujer podía hacer lo que había hecho ella cuarenta y ocho horas antes de dar sepultura a su marido? Ella no sentía el más mínimo dolor, pero él... Se le revolvió el estómago por los recuerdos. Se había saciado con ella para olvidar, para acabar con ese dolor que lo había desgarrado con cada latido del corazón. Se dio la vuelta y salió de la capilla.

–¿Estás seguro de que no pasa nada más? –insistió Sakis–. Habría podido jurar que se descompuso cuando te vio.

–¿Puede saberse de qué estás hablando? –replicó Ari una vez en el exterior.

–No lo sé, hermano, pero parecía que te miraba fijamente. Pensé que quizá la conocieras.

–Jamás había estado en este sitio recóndito y solo vine porque tú me aseguraste que no podías venir. ¿Qué estás haciendo aquí?

–Ha sido culpa mía –intervino Brianna, la hermosa mujer que pronto sería su cuñada–. Yo me empeñé. Creí que Sakis, que había sido el jefe de Lowell, debería estar aquí. Intentamos decírtelo, pero tu teléfono estaba apagado y un empleado de Macdonald Hall nos dijo que te habías marchado ayer.

Él apretó más los dientes. Había estado intentando encontrar a la mujer que lo había abandonado en plena noche. Durante un día y medio, habría recorrido esa maldita campiña buscando un Mini color rojo, un color que no podía compararse con el del pelo de la mujer que había conseguido que perdiera la cabeza y se olvidara del dolor durante unas horas. ¿Cómo era posible que no se hubiese dado cuenta de que era una ilusión? Volvió a la realidad y bajó la mirada para ocultarla de la curiosidad de su hermano.

–Ya hemos presentado nuestros respetos, ¿podemos largarnos de aquí?

–¿Por qué? ¿Qué prisa tienes?

–Tengo una reunión a las siete de la mañana y luego tengo que ir a Miami.

–Ari, son las dos de la tarde –replicó Sakis con el ceño fruncido.

Pero él llevaba levantado todo el día y toda la noche para buscar en vano un sueño. Tenía que marcharse antes de que volviera a la capilla y descargara toda su furia sobre esa bruja pelirroja.

—Sé qué hora es. Si quieres quedarte, me parece muy bien. Mandaré el helicóptero a Macdonald Hall para que os recoja.

Tenía que largarse aunque quisiera cantarle las cuarenta a esa viuda farsante. Se despidió con la cabeza de Brianna y de su hermano y se abrió paso entre la multitud, hasta que vio por el rabillo del ojo que un destello pelirrojo se dirigía hacia él. A pesar de la rabia, hizo un esfuerzo enorme para no darse la vuelta y comprobar si era Perla. Apretó los puños y aceleró el paso.

—¡Arion, espera!

Su voz ronca casi se perdió entre el barullo. Morgan Lowell, protagonista por su muerte por sobredosis, había conseguido que la prensa convirtiera el entierro en un espectáculo a pesar de las pocas cosas que sabía. Se detuvo con una mano en la puerta de la limusina, tomó aliento y se dio la vuelta. La viuda de negro. ¡Qué adecuado! La viuda con un pelo rojo que resplandecía tan tentadoramente como había resplandecido sobre su almohada hacía tres noches. La sangre le bulló y la miró de arriba abajo antes de que pudiera evitarlo. Aunque el vestido era negro y anodino, él sabía que debajo había unas curvas impresionantes, unos muslos traicioneros, un placer que desvelaría si... ¡No! No volvería a tocarla jamás. Se habían unido en un momento que a él le pareció sagrado, pero que, para ella, había sido como un revolcón en un pajar.

—Hola... Arion. Supongo que te apellidas Pantelides —lo saludó ella con cautela.

—Yo me he enterado ahora de que te llamas Perla Lowell. ¿Podrías decirme cuál es tu papel aquí? Los dos sabemos que la viuda desconsolada solo es una fachada, ¿verdad? A lo mejor te diviertes llevando ropa interior provocativa debajo del negro tan solemne...

Ella se quedó boquiabierta y con una expresión que, asombrosamente, le pareció de dolor profundo. Era muy convincente, pero no tanto como para que se olvidara de que casi había perdido la cabeza mientras lo montaba con un entusiasmo incontenible hacía unos dos días.

—¿Cómo... te atreves? —consiguió preguntar ella con la voz entrecortada.

—Muy sencillo. Yo soy el hombre con el que estabas acostándote cuando deberías estar en casa llorando a tu marido. ¿Puede saberse qué quieres?

Ella se había quedado pálida aunque su piel ya tenía un color casi traslúcido. Había sido hiriente, pero ella había ensuciado el recuerdo de lo que esa fecha había significado siempre para él y le costaba perdonárselo.

—Iba a disculparme por la... pequeña mentira y a darte las gracias por tu discreción, pero ya veo que no tenía que haberme molestado. Solo eres un hombre amargado y ruin a quien no le importa hacer más daño en un día doloroso de por sí. Si ibas a marcharte, solo puedo desearte que te vaya bien.

Ari endureció el corazón. Era ella la farsante, no él. Se equivocaba mucho si creía que tenía que estar avergonzado de algo. Se dio media vuelta y abrió la puerta, pero la miró antes de montarse.

—Que te diviertas con tu papel de viuda desconsolada, pero cuando la gente se haya ido y recuperes tu otro papel, ni se te ocurra pasar por Macdonald Hall. Pienso dar tu nombre a la dirección para que no te permitan volver a poner un pie por allí.

Perla estaba aturdida mientras estrechaba manos, recibía condolencias y reconocía que Morgan había sido un hombre encantador y un marido generoso. Aunque ya había reprimido a esa parte de sí misma que se había tambaleado ante el lacerante reproche de Ari Pantelides. Entonces, llegó a creer que la consideraba una mujer insaciable que iba por los bares para encontrar a alguien con quien pasar la noche. La señora Clinton, quien se había quedado a su lado desde que llegaron a la casa donde había vivido con Morgan y donde vivía en esos momentos con sus padres, le acarició la espalda.

—Media hora más y empezaré a dejar caer que deberían dejarte tranquila.

Perla la miró. Nunca le había confesado la verdad sobre su matrimonio, como no se lo había confesado a nadie. La mera idea hacía que la humillación se adueñara de ella. Sin embargo, sospechaba desde hacía tiempo que la mujer lo sabía por algún motivo. Al ver la compasión en sus cansados ojos, notaba que las lágrimas brotaban en los de ella. Entonces, como si se hubiese abierto una compuerta, notó la cascada de lágrimas ardientes.

—Cariño...

La abrazó y le ofreció el consuelo que le habían negado despiadadamente durante su matrimonio, el consuelo que creía haber encontrado en una lujosa suite hacía tres días, pero que había resultado ser otra cruel ilusión.

—Lo siento. No debería... Yo no quería...

—¡Bobadas! Tienes todo el derecho a hacer lo que quieres en un día como hoy.

Consiguió contener una risa histérica y levantó la mirada cuando una copa con un líquido que olía a brandy apareció ante ella. La hermosa mujer que se había presentado como Brianna Moneypenny, y que pronto sería Brianna Pantelides, le ofrecía la copa con un brillo de compasión en los ojos. Perla se secó las lágrimas que amenazaban con estropearle el maquillaje que se había puesto para disimular las ojeras.

—Gracias.

—No me dé las gracias. Yo también me he servido una

copa. Es el tercer entierro al que hemos ido Sakis y yo durante el último mes. Tengo los sentimientos a flor de piel –se sentó al lado de Perla y le sonrió–. Naturalmente, no es nada en comparación con lo que tiene que estar sintiendo usted y si hay algo que podamos hacer, por favor, no dude en decírnoslo.

–Yo... gracias. Por favor, dele las gracias también a su prometido y... y al otro señor Pantelides que encontró tiempo para venir...

Perla no pudo seguir porque no podía pensar cuando se acordaba de Arion Pantelides y de las acusaciones que había arrojado sobre ella.

–Arion se ha marchado, pero se lo diré.

Perla captó la perspicacia de esa mujer, pero esperó que no estuviera atando cabos.

–Claro. Comprendo que estará muy ocupado.

No añadió que, después de lo que había hecho Morgan, eran las últimas personas que había esperado ver en su entierro. En cambio, dio un sorbo de brandy para tomar fuerzas y casi se atragantó cuando le abrasó la garganta.

–Sí, lo está, pero se ofreció a venir cuando Sakis creyó que no podría venir él. Aun así, parecía inquieto por algo. Si soy sincera, es la primera vez que lo veo tan alterado.

–Bueno, espero que se arregle pronto, sea lo que sea.

–Mmm, yo también...

–Brianna...

Sakis Pantelides se acercó en ese momento y le presentó sus condolencias. Ella hizo un esfuerzo para encontrar la respuesta adecuada a pesar de los nervios. Luego, lo observó mientras miraba a su prometida con una devoción evidente y la envidia y el dolor le atenazaron el corazón.

Ella también albergó, hacía mucho tiempo, la esperanza de que alguien la miraría así. Neciamente, había llegado a pensar que ese alguien sería Morgan. Sin embargo, se había casado con ella y la había chantajeado para humillarla y engañarla. Ella, que había sido una huérfana que había ido de casa de acogida en casa de acogida durante su infancia, había aprendido a disimular el dolor de ser la niña que nadie quería, pero la sensación de vacío interior no había desaparecido. Cuando conoció a Morgan y fue el único centro de atención de su atractivo, creyó, ingenuamente, que por fin había encontrado a alguien que la amaba y cuidaba no solo por obligación o porque el Estado les pagaba para que lo hicieran, sino porque era digna de amor. El velo se le cayó bruscamente de los ojos a los pocos días de la boda, pero, incluso entonces, creyó que podía salvar algo de la única relación estable que había conocido. Sin embargo, los días se convirtieron en años y cuando asimiló que habían vuelto a dejarla al margen, como a un juguete roto con el que nadie quería jugar, ya era demasiado tarde para abandonar.

Siguió mirando a Sakis y Brianna, aunque no podía mirarlos a los ojos. Temía que si abría la boca, podía provocar una catástrofe, sobre todo, cuando notaba que Sakis Pantelides tenía los ojos clavados en ella. Rezó para que no adivinara lo que había hecho con su hermano.

—Sakis, creo que es el momento de que dejemos a la señora Lowell en paz —comentó Brianna.

—Sí. Mis abogados se ocuparán del papeleo para la indemnización por la muerte de su marido, pero si necesita algo entretanto, no dude en comunicárnoslo.

Ella lo miró, pero apartó la mirada cuando él entrecerró los ojos. Sintió pánico. ¿Le habría contado algo Arion? Vio por el rabillo del ojo que los padres de Morgan se acercaban. Se aclaró la garganta, dominó el pánico y esbozó una sonrisa. Independientemente de lo que hubiese pasado entre Morgan y ella, sus padres le habían abierto el corazón y no podía traicionarlos.

—Se lo agradezco, señor Pantelides. Que tengan un buen viaje a Londres.

Se dio la vuelta y agradeció que la madre de Morgan, en silla de ruedas, la distrajera y dejara de preguntarse qué sabía Sakis Pantelides sobre la relación que había tenido con su hermano. Además, tampoco podía pensar en Arion y en la oleada ardiente que la asolaba cada vez que revivía lo que había pasado en la habitación de su hotel. Lo que pasó entre ellos ya estaba firmemente anclado en el pasado y no se repetiría jamás. En ese momento tenía que concentrarse en reunir sus pedazos y en empezar la ardua batalla que era el resto de su vida.

Capítulo 4

Tres meses más tarde.

Perla levantó la mirada por enésima vez cuando sonó el teléfono de la recepción de Pantelides Inc. La recepcionista contestó con amabilidad y le dirigió otra mirada fría antes de darse la vuelta. Ella apretó los dientes y consiguió contener las ganas de ir al mostrador y exigir que la recibieran. Sin embargo, se alisó la falda negra en la que se había gastado sus menguantes ahorros y se quedó sentada. Había hecho ese viaje y se había presentado sin cita previa porque no habían contestado sus llamadas ni sus correos electrónicos. Además, la verdad era que solo llevaba hora y media esperando. Sin embargo, estar en ese edificio imponente que llevaba el nombre Pantelides hacía que tuviera los nervios crispados, aunque intentaba convencerse de que la posibilidad de que Arion Pantelides estuviese allí era mínima. Él, como responsable de Pantelides Luxe, la sección que se ocupaba de los hoteles de lujo y casinos por todo el mundo, pasaba muy poco tiempo en Inglaterra. Efectivamente, lo había investigado en un momento de locura. Además, aunque estuviera, había pedido que la recibiera el director de Recursos Humanos si Sakis no estaba y no tenía nada que temer. Aun así, el teléfono sonó otra vez y contuvo la respiración. Las cejas perfectamente depiladas se arquearon y una mano con una manicura impecable la llamó. Perla suspiró con alivio y se acercó al mostrador mientras la recepcionista colgaba antes de mirarla con curiosidad y de dejar una tarjeta de visitante y una pequeña llave plateada.

—Por favor, llévela todo el tiempo. Tome el último ascensor de la derecha, introduzca la llave, gírela y pulse el botón.

Ella quiso preguntar el piso, pero no dijo nada para no parecer una tonta. Se despidió con un gesto de la cabeza y fue con las piernas temblorosas hasta el ascensor. Efectivamente, solo había un botón. Siguió las instrucciones y contuvo la respiración cuando se cerraron las puertas. El nerviosismo aumentó y no tuvo tiempo de serenarse antes de que las puertas se abrieran otra vez. Fue a salir, pero se quedó petrificada cuando vio a Arion Pantelides delante de ella. Era imponente y tenía la misma expresión granítica que en el entierro de Morgan.

—Creo que ha habido un malentendido. No he venido a verlo a usted. He venido a ver a su hermano, el jefe de mi difunto marido, o al director de Recursos Humanos si él no está.

—Sakis no está —él confirmó lo que ella ya sabía—. Sigue de luna de miel.

Esa voz profunda y ronca la había intrigado desde que se conocieron y le atenazaba las entrañas con una sensación tan fuerte que quiso retroceder un paso.

—Ya sé que se casó el mes pasado, pero no sabía que seguía fuera...

Ella no pudo seguir e intentó no mirar ese rostro obsesivamente hermoso que había recreado en sus sueños tantas veces que no quería reconocérselo ni a sí misma.

—Se habría casado antes, pero tuvo que retrasarlo porque estaban investigando la participación de su marido en el accidente del petrolero de Pantelides. Habría sido de mal gusto celebrar el que debería ser el día más feliz de cualquier hombre cuando unos acontecimientos como aquellos pendían sobre las cabezas de todos.

El velado tono burlón hizo que se le erizaran los cabellos, pero el recuerdo de su rabia la última vez que se vieron hizo que se revolviera por dentro.

–Lamento las molestias y...

–Volverá dentro de dos semanas –la interrumpió él con brusquedad–. Vuelva entonces.

Las puertas del ascensor fueron a cerrarse, pero alargó una mano para impedirlo justo cuando él hacía lo mismo. Sus dedos se rozaron y la descarga eléctrica la recorrió todo el cuerpo. Perla retrocedió de un salto y el corazón se le aceleró al ver cómo la miraba.

–Me... Me temo que esto no puede esperar. Dígame dónde está Recursos Humanos y desapareceré de su vista...

Él también retrocedió y miró el pelo que se había recogido en un moño. Después, esos hipnóticos ojos color avellana se clavaron en los verdes de ella.

–Todo el equipo de Recursos Humanos está en París haciendo un curso de formación.

–Está de broma, ¿verdad? –preguntó ella con desesperación–. ¿Todo el equipo?

Él se limitó a arquear una ceja.

–Es una emergencia. Vine porque tenía que hablar con alguien.

Él se encogió de hombros y se alejó. Ella deseó dejar que la puerta se cerrarse y volver a la planta baja, pero había demasiadas cosas que dependían de esa visita y entró en los lujosos dominios de Arion Pantelides. La torre Pantelides era impresionante desde el exterior, pero el despacho de acero, cristal y tonos ocre era magnífico. En un rincón había un escritorio antiguo y los ventanales ofrecían una vista sensacional del río y de todo Londres. Bajo sus pies, una alfombra dorada amortiguaba sus pasos. Consiguió asimilarlo todo en unos segundos antes de que Arion se sentara detrás del escritorio. Contuvo la rabia en aumento y lo miró.

–¿Ha oído lo que he dicho? Necesito hablar con alguien, es importante.

Estaba jugando con ella como una fiera con su presa, pero no le daría el placer de que creyera que podía volver a machacarla impunemente. Se mantuvo en su sitio porque no podía hacer otra cosa. No podía largarse de allí aunque quisiera. La situación era crítica. Necesitaba una solución en ese momento o los padres de Morgan perderían la casa en la que habían criado a su hijo. Después de todo lo que habían pasado, ella no podía quedarse cruzada de brazos mientras sufrían otro golpe además del que habían sufrido por haber perdido a su único hijo.

Frunció los labios, sacó del bolso una carpeta y la tiró al escritorio delante de él.

–Según estas cartas, ni los padres de Morgan ni yo tenemos derecho a cobrar el seguro de vida mientras estaba empleado. Eso es imposible. Sé que lo firmó.

–Ah, ha venido para cobrar por la muerte de su marido –replicó él en tono desapasionado.

Ella se arrugó por su tono y él lo notó porque sus ojos dejaron escapar un brillo de satisfacción.

–He venido a pedir lo que me corresponde como esposa de un hombre que murió siendo empleado de su hermano –le corrigió ella poniéndose recta–. He leído la letra pequeña. Conozco mis derechos y le agradecería que no me hiciera parecer un buitre, señor Pantelides.

Ella lo dijo en tono firme porque sabía que cualquier debilidad se encontraría con la inflexibilidad despiadada de él. Él se inclinó hacia delante. Su imponente figura la dominó con el poder que irradiaba y consiguió que se le acelerara el pulso. Tenía que respirar.

–Se lo aseguro, *glikia mou*, ningún hombre con sangre en las venas la compararía con un buitre. Hay criaturas mucho más exóticas para describirla.

–Preferiría que no me comparara con ninguna criatura en absoluto. ¿Puede ayudarme o estoy perdiendo el tiempo?

Arion se encogió de hombros y miró el reloj.

–Desgraciadamente, tengo una comida de trabajo dentro de quince minutos –agarró la carpeta del escritorio–. ¿Va a quedarse en la ciudad?

–No, voy a volver a Bath esta tarde.

–Entonces, no espere por mí. Alguien se pondrá en contacto con usted enseguida.

–¿Cuándo es «enseguida»? –preguntó ella con recelo.

–Puedo conseguir que mi hermano escriba un correo al director de Recursos Humanos para que se ocupe, pero está en algún sitio de Pacífico Sur y no sé cuándo leerá los correos electrónicos estando feliz y de luna de miel.

Una sombra cruzó su rostro, como la que ella vislumbró aquella noche en el aparcamiento de Macdonald Hall. El corazón le dio un vuelco a pesar de que tenía que protegerse.

–Arion... –él se puso rígido y ella se mordió el labio inferior–. Señor Pantelides, no tengo tanto tiempo. ¿Podría...? ¿Sería tan amable de ocuparse usted? Por favor –añadió ella.

–¿Ahora es cuando dice eso de «en recuerdo de los viejos tiempos»?

–No –ella se puso roja–. No sería tan estúpida de mencionar algo que los dos preferiríamos olvidar... pero, naturalmente, usted no me creería y no sé por qué me molesto siquiera. No sé si usted conoce mis circunstancias, pero Morgan y yo vivimos con sus padres después de casarnos. Siempre íbamos a buscar un sitio para nosotros, pero nunca sucedió. Hace dos años, su madre tuvo un accidente grave. Terry, el padre de Morgan, tuvo que dejar el trabajo para cuidarla. Lo han pasado mal. Si no cobran el seguro de Morgan, podrían perder su casa.

Sé que para usted solo soy basura, pero ellos no se merecen perder la casa cuando acaban de perder a su hijo.

Tomó aliento y se atrevió a mirarlo. Su expresión seguía siendo gélida y no dijo nada durante unos minutos. Entonces, rebuscó en el escritorio, sacó una tarjeta triangular de plástico negro y la empujó hacia ella. Ella miró la tarjeta y a Arion.

–¿Para qué es eso? –preguntó ella con recelo.

–Esta tarjeta le permite entrar en ese ascensor –él señaló con la cabeza un pequeño ascensor que había enfrente del que había usado ella–. La llevará directamente a mi ático. Me esperará...

–Ni hablar –lo interrumpió ella.

–¿Cómo dice? –preguntó él sin disimular la furia.

–No haré lo que está pensando. Ya sé que me considera una ramera vulgar y corriente, pero se equivoca. Lo que pasó aquella noche entre nosotros no fue algo vulgar y corriente. Al menos, para mí. Además, lo desprecio por creer que caería tan bajo para que me ayude...

–Cierre el pico por un segundo y escúcheme –la interrumpió él tajantemente.

–¿Cómo se atreve a hablarme como si...?

–Dijo que no tenía a dónde ir. Tengo una comida de trabajo dentro de ocho minutos y durará unas cinco horas. A no ser que prefiera vagabundear bajo la lluvia hasta que termine, mi oferta es la mejor que va a recibir.

–Ah... ¿Quiere decir que quiere que suba y... lo espere?

–Vaya, señora Lowell, parece decepcionada.

Ella, atónita, tardó un minuto en reponerse.

–Le aseguro que no lo estoy.

–Perfecto.

Él le acercó más la tarjeta y ella la tomó antes de dirigirse hacia el ascensor.

–Perla... –murmuró él en tono burlón.

–¿Qué? –preguntó ella dándose la vuelta.

–No se asuste, no va a una cueva de perversión. En mi piso hay más cosas que una cama.

–Vaya –replicó ella apretando la tarjeta con la mano–, me asombra que las tenga. A juzgar por cómo ha actuado, creía que un potro de tortura sería el mueble más adecuado para las mujeres que manda allí.

Sus ojos se oscurecieron y la mano que tenía sobre el escritorio se cerró en un puño. Ella se anotó un punto, pero le pareció una victoria pírrica. Arion, con cada palabra y cada gesto, teñía de amargura la noche que habían pasado juntos, la noche que le ofreció unas horas de felicidad. Si pudiera olvidarla... Sin embargo, era imposible olvidarla cuando estaba allí sentado, tan impresionante, tan desesperantemente cautivador.

–Jamás en mi vida he invitado a una mujer a mi ático.

–Entonces, me consideraré una mujer afortunada. No se preocupe, intentaré no dar saltos de alegría para no estropearle el suelo.

Aceleró el paso para escapar de su vista y de su lengua implacable. Introdujo la tarjeta en la ranura y el ascensor se abrió. Se dio la vuelta y no le sorprendió ver a Arion mirándola fijamente. Ella se despidió agitando los dedos de una mano.

–Hasta dentro de unas horas, conquistador.

Él no dejó de mirarla y no contestó a su burla mientras la puerta del ascensor se cerraba. Sin embargo, ella sintió un estremecimiento de desasosiego.

La tensión aumentó a medida que pasaban las horas, a pesar de que estaba rodeada de todos los lujos imaginables. Aumentó tanto que contuvo la respiración cuando oyó que se abría la puerta del ascensor. Se levantó de un salto del sofá de ante y la revista que estaba leyendo cayó al suelo. Se inclinó para recogerla y cuando se incorporó, se lo encontró a medio metro y con los ojos color avellana clavados en ella.

—¿Tiene... alguna... noticia? —balbució ella sin saber qué decir.

En realidad, tampoco veía la necesidad de andarse con cumplidos. No eran amigos. ¡Ni siquiera eran amantes! Solo eran dos desconocidos que se habían dejado llevar por un momento disparatado que los perseguía implacablemente.

—¿Así saludaba a su marido cuando volvía de trabajar? —preguntó él con aspereza.

Ella se quedó boquiabierta y él, paralizado. Ella captó al arrepentimiento en su expresión.

—Perdóneme, ha sido de muy mal gusto.

—Y una falta de respeto. No sabe nada de mi vida con Morgan.

—No —él se pasó los dedos entre el pelo—. Lo siento.

Ari se quitó la corbata y la tiró al sofá donde había estado sentada ella. Perla, que no se había esperado sus disculpas, se había quedado aturdida.

—Disculpas aceptadas —murmuró ella distraídamente.

Se había quedado pensando qué pasaría si tuviera un marido de verdad que volviera a casa. ¿Un marido como Arion? ¡No! Eso los llevaría al homicidio al cabo de unas semanas. Sin embargo, hasta entonces, tendrían unas relaciones sexuales ardientes y arrebatadoras. Retrocedió al notar la oleada ardiente y se reprendió mentalmente. No estaba allí para recordar sueños que no se harían realidad. Estaba allí para salvar la casa de Terry y Sarah antes de que el banco cumpliera la amenaza de desahuciarlos. Tenía que concentrarse. Sin embargo, ¿cómo iba a concentrarse cuando Arion estaba desabrochándose los primeros botones de la camisa y mostraba ese pecho magnífico que había acariciado sin inhibiciones hacía poco más de tres meses?

Él notó que lo miraba y ella captó un brillo en sus ojos que prefirió no interpretar.

—Lo siento si parece que estoy apremiándolo, pero espero poder tomar el último tren a Bath.

Él se dirigió al mueble bar y se sirvió un whisky. Ella negó con la cabeza cuando él señaló la amplia variedad de bebidas. Tenía que mantener las ideas claras. Lo que pasó la última vez que bebió algo con él le recordaba que jamás podía bajar la guardia cuando estaba cerca.

—La gente de Sakis está ocupándose.

—¿Y...?

Él vació la copa si dejar de mirarla.

—¿Ha firmado la parte del contrato que la faculta para recibir la indemnización conyugal después de su muerte?

—Sí.

—Entonces, ¿no sabe que él firmó después la renuncia de los menores de cuarenta años?

—¿Qué es la renuncia de los menores de cuarenta años? —preguntó ella aterrada.

—Todos los empleados menores de cuarenta años tienen la posibilidad de elegir entre un seguro de vida o una bonificación doble todos los años en vez de indemnizar a la familia a su muerte. Su marido tenía...

—Morgan tenía muchos más de cuarenta años cuando murió —terminó ella casi paralizada.

—Efectivamente. Según el director de su departamento, él pidió que se corrigiera esa cláusula para recibir una bonificación doble y nunca volvió a la cláusula original. Por eso, no tiene derecho a recibir el dinero.

Ari vio que su expresión pasaba del asombro a la incredulidad y a la furia. Ella abrió y cerró la boca antes de entrecerrar los ojos con recelo.

—Por favor, dígame que no está jugando conmigo o inventándose esto por... porque...

—Para ser alguien que se empeña en hacerme creer que ha olvidado nuestro incidente, vuelve a él por cualquier motivo.

–Yo... Es que... No puedo creerme que Morgan les hiciera eso a sus padres.

A sus padres... No a ella... Esa curiosa afirmación hizo que se dispararan todas las alarmas y a él no le gustaban las alarmas. Le recordaban que no había querido escucharlas cuando sonaron con todas sus fuerzas durante los años previos a que se conociera cómo era su padre de verdad. Le recordaban que, en definitiva, había vivido con la falsa esperanza de que su padre, al que admiraba, no lo arrojaría a los lobos para salvarse él.

–¿Cree que el marido al que traicionó tan alegremente fue poco honrado con usted? ¿Hace falta que le comente lo irónico que es eso?

Él había sido más hiriente de lo que había querido, pero el recuerdo de la traición y devastación era más desgarrador cada minuto que pasaba.

–Yo no traicioné a Morgan.

El dolor volvió a reflejarse en el rostro de ella, pero él no se impresionó. También había querido no impresionarse al pensar en ella mientras estaba en la reunión. Una reunión que le había costado seguir porque no había podido dejar de pensar en que ella estaba en su ático y estaba dejando el olor hipnótico de su cuerpo por todos lados. ¿En qué estaba pensando cuando le ofreció su piso cuando podría haberla mandado a los lujosos apartamentos que tenían para los ejecutivos que los visitaban? No había querido arriesgarse a que ella fuese a un bar, atrajese la atención de otro depredador y le ofreciese una muestra de lo que le había ofrecido a él.

–No tengo ningún interés en mentirle ni me gusta alargar esta reunión. Ha venido buscando información y ya se la he dado. Usted sabrá lo que hace con esa información. Le aconsejo que sea franca con sus suegros y que encuentren una solución.

–¿Que encontremos una solución? ¿Le parece tan sencillo? –preguntó ella con desesperación.

–La verdad, creo que eso no es asunto mío –contestó él encogiéndose de hombros.

Ella se pasó las manos entre el pelo largo y resplandeciente que se había soltado durante las últimas horas. Él observó ese movimiento seductor y la miró mientras iba a la ventana y volvía hacia donde estaba él. La respiración hacia que sus pechos subieran y bajaran y que a él se le endureciera la entrepierna. Perla lo miró con un brillo de rabia en esos increíbles ojos verdes.

–¿No deberían haberme informado de ese cambio en su contrato que tanto iba a perjudicarme?

Esa declaración de codicia hizo que la amargura se adueñara de él. Su padre había destrozado a su familia por la codicia de dinero, de placeres carnales y de poder. Durante los tres meses que habían pasado desde que se vieron, había intentado envilecer los recuerdos que ella había avivado. Había intentado convencerse de que había reaccionado así en Macdonald Hall porque lo había sorprendido en baja forma, pero, en ese momento, notaba que ese maldito deseo iba apoderándose de él y se maldecía por ser débil e impotente ante la reacción de su cuerpo.

Su padre, cuando por fin tuvo que rendir cuentas a la justicia, había confesado que no había podido hacer nada ante la tentación, aunque tampoco mostró el más mínimo arrepentimiento. Sintió una desesperanza atroz al pensar que él podía ser igual. ¡No! Aun así, eso no impidió que mirara los pechos de Perla mientras cruzaba la sala ni que viera la imagen de sus pezones rosados ni que recordara su sabor. Volvió al mueble bar.

–Las cosas son así. ¿Ha comido? –le preguntó aunque no entendía por qué quería alargar esa visita.

–Mi vida está desmoronándose ¿y me pregunta si quiero comer? –preguntó ella atónita.

–No sea melodramática. Solo quería ser cortés. No tengo nada más que decirle sobre el empleo de su marido. Puede marcharse si quiere o quedarse para cenar conmigo.

Agarró la frasca mientras la invitación brotaba de sus labios casi sin que él lo pretendiera.

–¿Por qué gruñe cada vez que dice la palabra «marido»? Morgan era piloto en petroleros de su hermano y sé que las cosas no terminaron bien.

–¿Cree que las cosas... no terminaron bien? –preguntó él arqueando una ceja.

Él sabía que Sakis había conseguido salvar la reputación de su empresa y ocultar a la prensa hasta qué punto había llegado el sabotaje de Morgan Lowell, pero ¿ella tampoco conocía la traición de su marido? ¿Sería que no había querido ver cómo era su marido en realidad como tampoco había querido ver que acababa de enviudar cuando se metió en su cama?

–No intento menospreciar lo que pasó, pero tampoco entiendo que parezca que ha pisado un excremento de perro cada vez que emplea la palabra «marido».

–Será porque no quiero que me recuerden a los muertos.

La muerte había causado demasiado sufrimiento, había dejado la devastación en su camino, había abierto heridas que nunca podrían cerrarse. Que la muerte hubiese sido lo que hizo que sus caminos se cruzaran no aliviaba la opresión que sentía en el pecho.

–Yo, tampoco –replicó ella más serena.

Sus pasos eran más sosegados cuando fue a recoger el bolso del sofá. Iba a marcharse, iba a desaparecer de su vida otra vez. La mera idea encendió una chispa de resistencia dentro de él y no se dio cuenta de que estaba en la puerta del ascensor hasta que ella se paró delante.

–Gracias por su ayuda, señor Pantelides.

Lo dijo con cortesía y su mirada era firme, pero él

captó el leve temblor de su boca. Quiso pasarle el pulgar por los labios para sentir su carnosidad aterciopelada.

—¿Qué va a hacer? —le preguntó él.

—Creía que no le importaba —contestó ella con los ojos entrecerrados.

—Le gente tiende a pleitear en sus circunstancias y me espantaría que tomara ese camino, por su bien y el de sus suegros, que tanto parecen importarle.

—Capto cierto tono de amenaza —ella se colgó el bolso del hombro con rabia—, pero ya no tengo nada que perder y es posible que hable con mi abogado para sopesar mis posibilidades.

—Que son nulas. ¿Tiene trabajo?

Ella desvió la mirada y él supo que no iba a decirle la verdad.

—Algo así.

—¿Algo así? ¿Qué hace?

—De todo un poco. No es de su incumbencia.

—¿De todo un poco le permite tener un techo?

Ella volvió a mirarlo desafiantemente a los ojos.

—Si quiere saberlo, no tengo trabajo en este momento, pero tuve un empleo antes de casarme. Morgan me animó a que me tomara una excedencia para que su madre no se quedara sola mucho tiempo. Terry era conductor de camiones de gran tonelaje.

—Entonces, su marido la convenció para que abandonara su empleo y fuese la niñera de su madre. ¿Usted aceptó?

—Otra vez ese tono. No sé por qué me molesto —intentó sortearlo—. Adiós, señor Pantelides. Espero que no le pase nada por ser tan arrogante.

Él la agarró de la cintura y el roce de su camisa de algodón le recordó lo que sintió al desvestirla. ¡Era débil como su padre!

—Suélteme.

—No.

Él sintió un atisbo de miedo. Debería soltarla y olvidarse de la felicidad que ella consiguió que sintiera aquella noche porque todo lo que había llegado después solo le había causado dolor.

–¡Sí! Me niego a hablar con usted cuando se comporta como si yo fuera alguien despreciable que se ha colado en su mundo perfecto.

–Las circunstancias de nuestro encuentro...

–Son solo culpa suya. En el bar le dije que me dejara tranquila, pero estaba demasiado ocupado haciéndose el hombre irresistible como para hacerme caso. Si me hubiese dejado que me bebiese mi cóctel sola y tranquila, no estaríamos en esta situación.

Él le dio la vuelta y la puso con la espalda contra la pared. No le gustaba esa descripción de él. Hacía que se pareciese demasiado al hombre que había intentado olvidar durante todos esos años. Aun así, oyó su réplica como si llegase de otra dimensión.

–¿Se refiere a esta situación en la que solo pienso en levantarle esa recatada falda que lleva, en apartarle las bragas y en entrar en su cuerpo?

Se quedó boquiabierta. Él lo agradeció porque lo aprovechó para introducir la lengua entre sus labios, como había anhelado hacer desde que ella se marchó de su despacho. Ella lo empujó con fuerza, pero él no estaba dispuesto a que lo rechazara. Además, ella había empezado a besarlo también. Sus lenguas se encontraron, dubitativamente al principio, pero con más vehemencia al cabo de unos segundos. Le bulló la sangre, le acarició los pechos y ella dejó escapar un gemido. Estaba muy excitada. Ya tenía los pezones endurecidos y sus ronroneos de placer hicieron que se alegrara de que estuviera allí con él y no en un bar con otros hombres. Ella le introdujo los dedos entre el pelo de la nuca y fue bajando las manos para recorrerle la espalda con avidez. Lo deseaba tanto como él a ella. Le levantó la falda con impaciencia y la prenda de encaje que encontró hizo que la sangre le bullera más todavía. Soltó un gruñido y se la arrancó.

–¡Dios mío! No puedo creerme... que haya hecho eso –balbució ella mirando el trozo de tela.

–Créetelo. Te deseo tanto que estoy volviéndome loco, *glikia mou*. Estás avisada.

Volvió a besarla, le mordió levemente el carnoso labio inferior y ella se estremeció. Si darle tiempo para pensar, se puso de rodillas y le separó los muslos. La otra vez, no tuvo tiempo para conocerla así, pero esa vez estaba dispuesto a deleitarse con ella.

–No –dijo ella aunque él pudo ver la excitación en sus ojos.

Él consiguió apartar los labios de sus aterciopelados muslos y de los tentadores pliegues.

–¿Por qué?

–Porque se detestará si lo hace otra vez y me detestará a mí. Por algún motivo trivial, cree que ensucié algo al acostarme con usted hace tres meses. Sinceramente, no quiero tener que soportarlo otra vez, sea lo que sea.

Fue como si una lanza gélida le hubiese atravesado el corazón. Se incorporó y la agarró del cuello con una mano. Ella abrió los ojos, pero no con miedo, sino con cautela. Todas las acusaciones que había estado intentando contener se desbordaron.

–¿Trivial? ¿Crees que es trivial el motivo para que te acusara de haber envilecido ese día?

Él lo preguntó con la voz ronca por el dolor y el pulso acelerado.

–¡No lo sé! No me lo dijo. Solo quería machacarme por...

–¿Por haberme acostado con una cualquiera sin corazón y haber deshonrado el recuerdo de mi mujer para siempre?

Capítulo 5

PERLA notó que se quedaba pálida y aturdida, tanto que no pudo moverse ni hablar. Solo pudo mirar fijamente el rostro desencajado por el dolor del hombre que tenía delante.

Cuando asimiló completamente el significado de lo que había dicho él, lo empujó con una fuerza que ella le pareció sobrehumana, pero él solo retrocedió un paso.

–¿Su mujer? ¿Está... Está casado? –le preguntó ella atragantándose.

–Lo estaba, como tú. La perdí, como tú. Aquella noche, estaba llorándola, al revés que tú.

La acusación fue como un latigazo que la sacó del aturdimiento y le despertó la rabia.

–¿Qué le hace pensar que yo no estaba llorándolo?

–Estabas hablando de cócteles con el camarero y no hacías nada para eludir el interés evidente que tenía por ti.

–¿Cree que soy una persona peor porque no estaba ladrando a un desconocido?

–No te comportabas como una viuda... desconsolada.

–Cada uno sobrelleva el dolor de una forma distinta. Que usted prefiriera quedarse en un rincón bebiendo whisky y exigiendo silencio no le da el monopolio del dolor.

–¿Y lo que pasó después? –preguntó él con aspereza–. ¿Cuál es la fase del duelo en la que te acuestas con un desconocido antes de haber enterrado a tu marido siquiera?

–Eso es lo que le molesta, ¿verdad? Le molesta que

cometiera un pecado capital por buscar consuelo antes de haber enterrado a mi marido.

–¿Buscabas consuelo? –le preguntó él como si quisiera que contestara afirmativamente.

Ella sacudió la cabeza y se alisó la ropa.

–¿Acaso importa lo que conteste? Ya me ha juzgado y condenado. Me acosté con usted tres días antes de enterrar a mi marido. Le aseguro que no me detesta más de lo que me detesto a mí misma, pero ¿cuál es su excusa? ¿Por qué se acostó conmigo? Aparte de que yo estuviese dispuesta y de que tengo un pelo con un color irresistible para usted.

Él frunció el ceño, le soltó el cuello y retrocedió. Se miró la mano y la cerró en un puño.

–Para algunos como yo, el dolor puede ser insoportable. Estabas allí y me ofrecías una distracción.

Para algunos como él... Una distracción... Perla no supo qué le hizo más daño, pero sí supo con certeza que Arion creía que ella había ido al Macdonald Hall por unos motivos egoístas y no por dolor. ¿No tenía cierta razón? Salió de su coche más por rabia e impotencia por lo que Morgan le había hecho que por dolor. El dolor, llegó más tarde porque, a pesar de todo lo que le había hecho pasar, su pérdida había dolido a las dos personas que ella había llegado a considerar sus padres. Terry y Sarah habían llenado en parte el vacío que había esperado que llenara Morgan. La habían tratado como a su hija y eso, para alguien que solo había conocido casas de acogida, había sido una bendición. Naturalmente, no podía decírselo a Arion porque no la creería. Prácticamente, se había abalanzado sobre él en aquel aparcamiento después de parlotear sobre bodas y Santorini. Sabía que no se había portado como una mujer recién enviudada, pero tampoco iba a permitir que siguiera acusándola de ser una ramera.

—Entré en ese bar para beber algo, nada más. Jamás he seducido a un hombre. Usted fue un error que nunca debió haber sucedido, pero sucedió. Puede lamentarlo toda su vida si se siente mejor, pero yo prefiero olvidarlo.

Él entrecerró los ojos y ella contuvo el aliento. Había intentado razonar, pero lo había enfadado.

—Si quisieras olvidarlo, no deberías haber venido aquí. Deberías haber nombrado un representante para que resolviera la situación en tu nombre. Haber venido aquí y haberte instalado en mi vestíbulo me indica que no quieres olvidarlo en absoluto.

—¡Se equivoca! Además, vivo en el mundo real, señor Pantelides. Los representantes o los abogados cuestan dinero. Es irracional contratar a uno para que haga algo que puedo hacer yo. Lo único que pago por venir aquí es el precio del billete de tren.

Él arqueó una ceja, volvió a acariciarle el cuello y bajó la mano por el hombro hasta dejarla debajo del pecho.

—¿Estás segura? —le preguntó él con la voz entrecortada y con la otra mano entre el pelo de ella.

—Señor Pantelides...

—Me dijiste que mi nombre de pila te gusta —murmuró él.

—¿Cómo puedo olvidarlo si se empeña en recordármelo?

—Es posible que no quiera que lo olvides. Es posible que quiera que revivas el dolor y el placer conmigo —le acarició un pezón con el pulgar y las rodillas le flaquearon—. Si tengo que ser como él, quizá me merezca lo que consiga.

—¿Como quién? —preguntó ella estremeciéndose por el desgarro que captó en su voz.

—Nadie. Ya hemos cometido el delito, Perla *mou*. El remordimiento no nos abandonará jamás.

–Entonces, ¿su solución es cometerlo otra vez?

–Si te hubieses quedado al margen, todo se habría acabado, pero estás aquí y no tengo fuerza de voluntad para dejar que te marches.

Ella dejó escapar una carcajada de asombro.

–Lo dice como si tuviese algún poder sobre usted...

–Me cautivaste en cuanto te vi.

Él lo dijo sin atisbo de placer, sin la más mínima intención de halagarla.

–Lo siento si lo afecto tanto. Déjeme que me marche y no volverá a verme.

–Llevo veinte minutos arrinconándote contra esta pared. Un caballero te habría ofrecido algo de beber, te habría enseñado las vistas y te habría ofrecido un chófer para que te llevara a tu casa.

–No hay nada que le impida hacerlo.

–Lo hay, Perla. No soy un caballero. Tus bragas están hechas trizas a mis pies y pienso entrar en ti dentro de sesenta segundos.

Ella cerró los ojos ante esas palabras, ávidas y ardientes, que susurró sobre su cuello. El deseo, diez veces mayor que el que sintió la primera vez que estuvo con él, hizo que se derritiera entre las piernas. No pudo ni hablar cuando la tomó en brazos y fue a un pasillo. Se paró delante de la primera puerta y la abrió de par en par. El dormitorio era enorme, con moqueta blanca y muebles negros y cromados. Le dejó en la cama, le quitó la falda y se quedó inmóvil.

–Creía que me había imaginado lo exquisita que eres, pero es verdad.

Él volvió a decirlo en un tono que fue como una puñalada gélida.

–Arion...

Él le pasó los nudillos por el sexo antes de retroceder un poco y de desvestirse con precipitación. Le separó los muslos, farfulló algo en griego y le acarició los muslos.

Ella contuvo el aliento por el anhelo y lo miró, aunque casi se arrepintió. Parecía atormentado, su rostro era una máscara pétrea de deseo. La penetró aunque ya se había maldecido a sí mismo por haberse acostado con ella la primera vez. Estaban atrapados por un hechizo que ninguno de los dos podía romper y ella veía que él se corroía por saberlo mientras entraba más profundamente.

–Ari...

Le parecía mal, pero también le parecía muy bien, como la primera vez. Quería aliviarle ese tormento aunque solo fuese durante un momento. Le acarició la cara y él la miró. Clavó sus ojos color avellana en los de ella mientras aumentaba el ritmo de las acometidas. Elevó su placer a otro nivel y cuando el orgasmo la deslumbró, creyó que había tocado algo sagrado. Él la siguió y alcanzó el éxtasis con un grito gutural. Se dejó caer encima de ella entre espasmos. Ella le acarició el cuello sudoroso y cerró los ojos mientras se serenaban. Sabía que había sido una evasión, que lo que habían hecho no iba a consolarlos, que se habían dejado llevar por los instintos, que él la había tentado. Aun así... Antes de que pudiera terminar el razonamiento, él se levantó de la cama y, de espaldas a ella, se puso los calzoncillos y los pantalones.

–El cuarto de baño está allí. Arréglate y vuelve a la sala. Tenemos que hablar –le ordenó él por encima del hombro antes de salir de la habitación.

Ella, atónita, se quedó un rato mirando el techo. Tuvo que respirar hondo y hablarse con seriedad antes de que pudiera reponerse. Cuando volvió a la sala, lo encontró mirando por el ventanal, sin camisa y absolutamente impresionante. Se dio la vuelta al oírla.

–¿Te esperan tus suegros esta noche? –le preguntó él pasándose la mano por el pelo.

–Sí –contestó ella con cautela y sin saber a dónde quería llegar con la pregunta.

–Entonces, seré breve. Pantelides Inc. ha pasado por muchas vicisitudes durante los últimos años. No quiero que la empresa vuelva a ser el centro de atención –él fue a la mesa y agarró un bolígrafo y un bloc de notas–. Apunta aquí tu número de cuenta. Te haré una transferencia a primera hora de la mañana.

El dolor que se le había acumulado desde que se levantó de su cama le explotó en el pecho.

–¿Cómo dices?

–Sé que tu marido te dejó en una situación muy apurada. Intento compensarte un poco –contestó él sin la más mínima emoción.

–¿Acostándote conmigo y ofreciéndome dinero acto seguido? –preguntó ella con la voz temblorosa–. ¿Por qué no me contratas directamente para repetirlo el martes que viene?

–Lo que ha pasado esta noche no volverá a pasar –replicó él apretando los dientes.

–¡Aleluya! Por fin estamos de acuerdo en algo. Me parecías muy ruin por acusarme de lo que me habías acusado, pero esto lo supera con creces.

Él apretó el bloc de notas en el puño y bajó la mirada, pero su rostro mantuvo toda la firmeza.

–De acuerdo, es posible que no haya sido el momento más adecuado...

–¿De verdad?

–...pero mantengo la oferta. Tú decides si la aceptas o la rechazas.

–¡Puedes meterte la oferta por donde te quepa!

Fue a recoger el bolso donde lo había dejado, volvió al ascensor y pulsó el botón. No pasó nada y lo pulsó con más fuerza mientras intentaba contener las lágrimas.

–Necesitas esto.

Ella se dio la vuelta. Él tenía la tarjeta que le había

dado antes y fue a quitársela, pero él la retiró en el último segundo.

—Perla...

—No digas mi nombre. Has perdido el derecho de dirigirte a mí por haberme ofrecido dinero a cambio de que me acostara contigo, maldito malnacido.

—Espera y piensa un momento. Las dos situaciones no se parecen en nada. Estás siendo melodramática otra vez.

—Y tú eres un majadero que está reteniéndome aquí contra mi voluntad.

—Piensa racionalmente. Es casi medianoche y te arriesgarías si intentaras volver a tu casa.

—Después de todo lo que me has dicho, ¿esperas que me crea que te preocupa mi seguridad?

—Perla...

—Lo único que quiero de ti es que hagas que funcione el ascensor, Ari. Quiero marcharme.

Él suspiró y ella volvió a captar el cansancio en su voz.

—Es posible que no sea un caballero, pero no me importa aprender.

Ella frunció el ceño al darse cuenta de que no estaba burlándose.

—Lo primero, no obligaría a una mujer a quedarse contra su voluntad.

Él asintió con la cabeza y le ofreció la tarjeta. Ella la tomó.

—Lo segundo, nunca jamás intentes dar dinero a una mujer con la que acabas de acostarte. Independientemente de tu intención, resulta una vileza.

Los ojos color avellana dejaron escapar un destello antes de que él bajara los párpados.

—Aun así, hay que afrontar tu situación.

—Eso es asunto mío. Yo me ocuparé.

Él tomó aliento y ella no pudo evitar mirarle el escultural pecho que subió y bajó.

–¿Qué hacías antes de que renunciaras a tu profesión?

La repentina pregunta la sorprendió, pero se aclaró la garganta y dejó de mirarle el pecho.

–Organizaba todo tipo de actos para una empresa multinacional.

Ella dijo el nombre de la empresa y él abrió los ojos. Ella sintió un arrebato de placer por haber sorprendido a Arion Pantelides.

–Me voy a Los Ángeles por la mañana, pero Pantelides Luxe ha estado seleccionando personal durante seis semanas –escribió un nombre y un número en el bloc arrugado y se lo dio a ella–. Si te interesa hacer una entrevista para un empleo, llama a este número y habla con mi director de Recursos Humanos.

–¿Por qué lo haces? –preguntó ella al cabo de un rato.

–Intento encontrar una solución alternativa a tu problema. ¿Esta tampoco te parece aceptable?

–Es aceptable, pero no sé si es la mejor solución para mí.

–A mí me parece que no tienes muchas alternativas. No tardes mucho en decidirte o volverás al punto de partida.

–De acuerdo... Gracias.

Se dio la vuelta con desgana e intentó convencerse de que estaba agotada por el choque frontal con Ari, no porque se había dado cuenta de que no quería marcharse. Eso sería ridículo.

Introdujo la tarjeta en la ranura y oyó el ascensor que se acercaba.

–¿Puedo pedirte otra cosa? –le preguntó él.

Perla notó su aliento en el cuello y comprendió que se había acercado más de lo que le convenía a su equilibrio. Lo miró por encima del hombro y quiso acariciarle la barba incipiente.

–¿Qué? –consiguió preguntar ella.

—Permite que mi conductor te lleve a casa.

La idea de caminar bajo la lluvia para tomar el último tren a Bath hizo que vacilara, pero se dio cuenta de que, además, no llevaba bragas.

—De acuerdo.

—Le daré media hora. Eso nos permitirá comer algo en la terraza de la torre.

Al día siguiente, le bastaron dos minutos para darse cuenta de que no tenía alternativas. En realidad, se habría dado cuenta mucho antes si no hubiese estado dándole vueltas a lo que había hecho la noche anterior con Ari. Se había acostado con él otra vez a pesar de todo lo que se había censurado a sí misma por haberlo hecho la primera vez. Casi un día después, los músculos más íntimos todavía le palpitaban por la deliciosa fricción de su penetración. Sin embargo, lo que la obsesionaba, incluso en ese momento, era la expresión atormentada de su rostro. ¡Ya estaba bien! Miró el papel que le había dado Ari. Esa mañana había llamado a un abogado y le había confirmado la advertencia de Ari. No podía recurrir porque Morgan había cambiado las condiciones de su contrato. Salvo que ocurriera un milagro, los padres de Morgan y ella iban a tener que acudir a la asistencia social.

Si bien su experiencia laboral había sido en solo una importante cadena de hoteles, había hecho muy bien su trabajo y había disfrutado lo suficiente como para que le emocionara la posibilidad de volver a entrar en el mundo laboral. En cuanto a Ari... Según lo que investigó en su momento, pasaba muy poco tiempo en Londres y las posibilidades de que fueran a encontrarse otra vez eran mínimas. No hizo caso de la punzada de desilusión, agarró el teléfono y marcó el número. Se quedó aturdida por lo deprisa que aceptaron su historial laboral y que concertaran una entrevista. También se quedó aturdida al darse cuenta de que la entrevista duraría dos días.

Volvió a sentir inseguridad, algo que debía a Morgan, y era una sensación cada vez mayor.

Una hora más tarde, cuando estuvo a punto de descolgar el teléfono para cancelar la entrevista, arrugó los labios y se puso muy recta. Morgan quizá hubiese conseguido minarle la confianza en sí misma con amenazas y chantajes, pero si se daba por vencida en ese momento, no podría mantenerse ni mantener a los padres de él. Además, estaba precipitándose. Quizá no le dieran ese empleo... ¡No! No creía en milagros, pero tampoco se dejaría llevar por el derrotismo.

Fue a buscar a sus suegros. Explicarles por qué tenía que volver tan pronto a Londres era delicado. No quería que se hiciesen ilusiones porque llevaba demasiado tiempo fuera del mercado laboral y sabía que podía darse un batacazo.

–¿Estás segura de que es lo que quieres? Londres está muy lejos –le preguntó Sarah.

–Bobadas, es un viaje muy corto en tren y no te olvides de que necesitamos cualquier ayuda en estos momentos. Te deseamos mucha suerte, Perla. ¿Verdad, Sarah?

Terry miró a su esposa y ella sonrió a pesar de la tristeza que todavía se reflejaba en sus ojos.

–Claro. Es que... No sabemos qué haríamos sin ti ahora que Morgan...

Los ojos se le empeñaron de lágrimas y se los secó con un pañuelo que Terry le puso en la mano. A Perla se le formó un nudo en la garganta, pero lo tragó inmediatamente. Por eso se había quedado. Por eso había mantenido el secreto de Morgan y había renunciado a su profesión. Al verlos consolarse mutuamente, la necesidad de protegerlos era mayor. Terry y Sarah Lowell la habían acogido en sus corazones desde que los presentaron.

Después de la devastación que supuso la revelación de Morgan, ella supo, como astutamente había previsto él, que no podía darle la espalda al único hogar que había conocido. Como tampoco podía revelar el secreto que habría destrozado a sus padres. El remordimiento por ese secreto que llevaba y nunca podría contar hizo que se levantara del asiento.

–Yo... Será mejor que vaya a prepararme para la entrevista.

Una vez en el pasillo, se paró un segundo para recuperar el aliento. Morgan ya no estaba y Sarah y Terry eran responsabilidad de ella. Entró en su dormitorio y repasó su escasa ropa. Tres entrevistas en dos días significaba que tendría que ser creativa con el guardarropa. Tendría que volver a ponerse la falda negra y la camisa de satén que había llevado en Londres, como el vestido negro que llevaba cuando conoció a Ari. No pudo evitar la sensación que se adueñó de ella. Esas prendas le avivaban recuerdos que prefería olvidar. Recuerdos de Ari acariciándola y desvistiéndola antes de poseerla con maestría. Los dedos le temblaron mientras se apartaba el pelo de la cara y alejaba esos recuerdos. No tenía sentido meter a otro hombre en esa habitación, en esa casa. Aunque fuese el único hombre que había conseguido que se sintiese especial y deseada durante un momento, aunque el recuerdo de su rostro le despertaban el deseo y las ganas de protegerlo. Todo estaba zanjado. Tenía que pasar página.

–Enhorabuena y bienvenida a la empresa.

Perla lo oyó mientras seguía aturdida por la incredulidad. Había superado las pruebas para conseguir un empleo en el equipo de organización de eventos de Pantelides Luxe.

–Gra... Gracias.

Los otros dos candidatos seleccionados, de entre veinticinco, tenían una expresión igual de maravillada. Había conseguido un empleo con un sueldo y unas prestaciones que la habían dejado boquiabierta cuando los leyó en el contrato. En ese momento, intentó concentrarse en lo que estaba diciendo el director de Recursos Humanos.

–Quien quiera podrá recibir el sueldo del primer mes por adelantado a finales de mes. Solo tiene que señalar esa opción cuando firme el contrato, pero recuerde que si decide dejar el trabajo antes de que hayan pasado los treinta días, tendrá que reembolsarlo a la empresa.

El director la miró directamente mientras lo decía y el asombro dejó paso al bochorno y la rabia. ¿Ari Pantelides había sido tan poco profesional como para comentar sus dificultades económicas con otras personas? Bastante había tenido que aguantar al ver las miradas de curiosidad morbosa de algunos empleados cuando les habían presentado. Naturalmente, ellos no podían esperar que la viuda del hombre que provocó el accidente de un petrolero de Pantelides hacía solo unos meses buscara un empleo allí. Aunque abochornada por saber que otros conocían sus estrecheces, levantó la cabeza y aguantó la mirada del hombre. Quinces minutos después, y con el contrato en la mano, fue a abandonar la sala, pero oyó el zumbido de su móvil.

–Dígame...

–Creo que tengo que felicitarte.

La voz, grave y ronca, hizo que se le acelerara el pulso.

–¿Cómo... Cómo has conseguido mi número de teléfono?

–Ya eres mi empleada, Perla. Acostúmbrate a que parte de tu vida sea un libro abierto para mí.

Ella se estremeció. Por mucho que intentara convencerse de que no la afectaba, su voz le producía cosas indecentes.

—¿Tan abierto que has decidido contarle parte de mi vida al director de Recursos Humanos?

—¿Cómo dices?

—¿Le has dicho que necesito dinero?

—¿Por qué iba a decírselo?

Él parecía divertido y también le pareció que no estaba tan atormentado como hacía unos días. Prefirió no pensar por qué. Eso le levantaba el ánimo y se recordó que estaba molesta con él.

—Porque ha ofrecido el sueldo de un mes por adelantado. Es posible que lleve algún tiempo sin trabajar, pero hasta yo sé que los sueldos no se pagan por adelantado.

—¿Te lo ofreció solo a ti?

—No, también se lo ofreció a los otros empleados nuevos.

—El motivo es que la mayoría de las personas que contrato para ese puesto son jóvenes y están sin blanca. Quiero que se concentren enseguida, no quiero que estén pensando en cómo van a pagar el alquiler. Cuando busco otros talentos, también les ofrezco que firmen bonificaciones. En cualquier caso, todos reciben el mismo trato.

—Entonces, ¿no me ofreció un trato especial solo a mí?

—Ahora pareces decepcionada —replicó él en un tono burlón que le resultó igual de mortífero.

—No lo estoy.

Además, la explicación tenía sentido. Comprendió que tenía que decir algo más.

—Gracias por darme esta oportunidad y te prometo que no te defraudaré.

Se hizo un silencio como si él estuviese pensando algo.

—Me alegro de oírlo, Perla, porque pronto voy a darte la ocasión de demostrarlo.

–¿Qué quieres decir? –preguntó ella con el corazón en la boca.

–Que voy a lanzarte mar adentro. Volarás a Miami para acompañarme en cuanto, mañana, hayas hecho un curso acelerado de orientación. Mi asistente te dará los detalles.

Capítulo 6

DIEZ invitados VIP. La Semana de la Moda de Miami. ¿Qué podía salir mal?

Perla se dio cuenta de que muchas cosas podían salir mal mientras intentaba apagar otro fuego metafórico cuatro días después. Esa vez, la esposa de un magnate de la prensa tenía problemas de guardarropa unos minutos antes de que tuviera que ir al hotel y casino Pantelides V3. Contuvo las ganas de decirle que era organizadora de eventos, no estilista, y llamó a la agobiada estilista. Veinte minutos después, una vez solventada la crisis, la joven rubia miró con agradecimiento a Perla mientras bajaban en el ascensor.

—Debería haber elegido algo más parecido a lo que tú llevas en vez de... de esta cosa.

La joven señaló el vestido de organdí azul con más escote por delante y por detrás del que ella se habría puesto jamás. Su vestido de seda hasta la rodilla, aunque abierto por los costados, iba recubierto de una redecilla muy fina que hacía que no se sintiera tan... expuesta.

—El negro contrasta maravillosamente con el color de tu pelo. Tienes que darme el nombre del peluquero que te lo tiñe. Todo el mundo me dice que esta temporada se lleva rojizo y rizado.

La rubia se apartó el pelo liso y sonrió. Perla se mordió la lengua otra vez, sonrió también y miró discretamente el reloj. El cóctel previo al desfile se serviría al cabo de seis minutos. Aunque se daba cuenta de que quizá estuviese siendo grosera por no comentar con ella el amplio guardarropa que tenía gracias a la generosidad de Pantelides Luxe, solo podía pensar en que dentro de unos minutos se encontraría cara a cara con Ari después de casi una semana. Él se había marchado a Nueva York cuando ella llegó a Miami y le habían dado tres días para que preparara la llegada de los VIP, que iban desde un joven senador a un magnate de Hollywood.

La excursión en barco por Cayo Vizcaíno había sido un éxito aunque uno de los invitados casi se cayó por la borda después de haberse bebido demasiados mojitos. Cruzó los dedos para que todo saliera igual de bien y esbozó una sonrisa mientras las puertas del ascensor se abrían en el vestíbulo que llevaba a la zona acordonada para VIP donde se celebraban los desfiles.

Ari Pantelides estaba con un grupo de invitados. Les sacaba la cabeza a la mayoría de los hombres y fue la primera persona que vio. Sintió algo parecido a un puñetazo y se le secó la boca al observar su físico impresionante. Era casi pecado que un solo hombre pudiera ser tan imponente. Se volvió hacia otro invitado y ella pudo vislumbrar esa barba incipiente tan bien cuidada. El recuerdo de su aspereza contra los pechos y muslos hizo que sintiera una oleada abrasadora entre las piernas. ¡Tenía que dominarse! Naturalmente, él eligió ese momento para volver la cabeza hacia ella. Sus ojos entrecerrados se clavaron en los de ella antes de fijarse en el pelo. Recordó la fascinación de él por su pelo y tuvo que hacer un esfuerzo para no tocarse el complicado moño que se había hecho. ¡Estaba allí para trabajar! Se concentró un poco y se dirigió a la rubia que tenía al lado.

—Estaré por aquí si desea algo más, señora Hamilton. Si no, nos veremos en el desfile.

Dejó a Selena Hamilton para que buscara a su marido y se dirigió hacia el jefe de los camareros. Después de cerciorarse de que todo iba como la seda, encontró un rincón tranquilo y encendió la minitableta. Era esencial que repasara todos los detalles. Los dos diseñadores que iban a desfilar eran temperamentales en el mejor de los casos y la colocación de los invitados en los desfiles podía acabar en un conflicto si no se tenía cuidado.

—*Kalispera*, Perla.

La tableta estuvo a punto de caérsele de las manos. Entendió el saludo gracias a que había estado en Santorini. Levantó la cabeza y sus ojos se encontraron con otros color avellana.

—Buenas noches, Ar... señor Pantelides. ¿Qué tal el viaje?

Él entrecerró levemente los ojos por la precipitada corrección, pero no comentó nada.

—Predecible. Parece que has aterrizado bien. Creo que la excursión en barco ha sido interesante.

—Sí, no ha sido una navegación... tranquila, pero el curso de orientación fue muy útil. Además, su director de eventos me permitió hacerle sombra durante un día para que pudiera ocuparse de todo. Eso también fue útil...

Se calló cuando se dio cuenta de que estaba hablando por hablar, pero lo tenía tan cerca que se sentía dominada por su poderío y podía oler su loción para después del afeitado. Lo había olido muy íntimamente y sabía que olerlo no era una idea nada sensata.

—En cualquier caso, tengo que seguir trabajando.

Le rozó el brazo con los dedos para detenerla y sintió una descarga eléctrica por todo el cuerpo.

—¿Qué tal se han tomado tus suegros tu nueva situación?

Ella lo miró para ver si estaba siendo sarcástico, pero su expresión era de interés moderado.

—Mucho mejor que algunos empleados de Pantelides.

Se mordió el labio por el desliz. Ella se había propuesto que las miradas y susurros le resbalaran, pero no había podido evitar que le afectaran.

—¿Quién ha estado molestándote? —le preguntó él con los ojos entrecerrados.

—Lo siento, pero no me he parado a tomar nombres. Además, no se les puede reprochar. Lo que hizo Morgan estuvo a punto de hundir la empresa.

—Entonces, ¿sabes todo lo que hizo?

—Claro —contestó ella con el ceño fruncido—. Aunque su hermano intentó que no supiera toda la verdad, pude atar cabos con lo que dijeron los periódicos. Sinceramente, me sorprendió que no le quitaran todas las prestaciones a Morgan.

—Sin embargo, esas prestaciones no acabaron beneficiándote, ¿verdad? Tuvo que ser frustrante que el hombre que amabas te traicionara de esa manera, ¿no?

La miró con intensidad, como si quisiera entender lo que hizo la noche que se conocieron. Sin embargo, tenía que contestar y reconocer que no pensaba con claridad cuando se acostó con él, ni pensaba en su marido, solo empeoraría las cosas.

—Efectivamente, descubrirlo es complicado.

Sin embargo, era un juego de niños si se comparaba con lo que descubrió la noche de bodas.

—Sé que la traición confunde la cabeza de las personas.

Ella captó el asomo del tormento que ya había vislumbrado.

—¿Estamos hablando de la gente en general o lo sabe personalmente?

Él se acercó más, hasta que no tuvo más remedio que olerlo y mirar a esos ojos color avellana.

—He recibido algunas lecciones de la vida, pero me refiero a ti. ¿Por eso te acostaste conmigo? —preguntó él con la respiración entrecortada–. ¿Fue para mitigar la sensación de traición?

–¿Por qué volvemos a hablar de eso?

–Es posible que intente cuadrar las cosas en mi cabeza para pasar página.

Ella sintió vergüenza al darse cuenta de que no quería olvidarlo, de que quería atesorarlo como el momento especial que había sido para ella. Naturalmente, sabía que nunca podría decírselo.

–Lo que hizo Morgan lo decidió él solo. Por mi parte, me casé con él para bien o para mal y era el hombre al que juré honrar y respetar. Aunque, efectivamente, antes de que me lo recuerde, incumplí ese juramento antes de que estuviera enterrado. ¿Me sentí frustrada por cómo salieron las cosas? Claro –se oyó la risa de un invitado–. También creo que no deberíamos estar hablando de esto aquí. Sinceramente, preferiría que olvidáramos el asunto de una vez por todas.

–Considéralo olvidado.

Ella miró por encima de un hombro y vio que algunos invitados los miraban preguntándose por qué había acaparado las atenciones de Ari.

–Tengo que seguir trabajando para ganarme el generoso sueldo que me paga.

Él frunció el ceño y se apartó un poco para que ella pudiera pasar.

–Estoy impaciente por verte en acción.

Perla no supo si era una amenaza o impaciencia sincera, pero no podía pararse a pensarlo porque estaba alterada por la conversación. Una vez más, le había parecido como si le importase el motivo que había tenido para acostarse con él. Lejos de haber sido una distracción, como había dicho él, parecía que no podía dejar de pensar en esa noche, como tampoco podía ella. ¿Podía confiar en que él no volviera a hablar de eso? ¿Podía confiar en que a ella no se le escapara que había significado algo más que una manera de aliviar el dolor?

Tomó aliento y esbozó una sonrisa. Había sobrevivido a Morgan y al desastre que había sido su matrimonio. Era mucho más fuerte por eso. Solo tenía que seguir recordándoselo.

Los dos desfiles salieron sin problemas. Perla suspiró con alivio cuando se encendieron las luces y sus invitados terminaban las copas de champán. Al cabo de unos minutos, podría empezar a acompañarlos a las limusinas que los llevarían al casino Pantelides. Esa era la parte más importante porque era el motivo por el que Ari había organizado...

—Relájate —le dijo Ari a sus espaldas—. Has empezado con buen pie si Selena Hamilton se dedica a ponerte por las nubes. Según ella, sois amigas íntimas.

Ari tomó dos copas de champán rosado de la bandeja de un camarero y le ofreció una a ella.

—Yo no diría tanto, pero me alegro de que esté contenta.

Ella miró la copa, pero no dio un sorbo aunque le apetecía muchísimo. No iba a volver a cometer el error de beber cuando él estuviera cerca.

—No es la única que está impresionada con tu eficiencia.

—¿De verdad?

—Su marido fue igual de expresivo. El doble, en realidad —añadió él en un tono áspero.

—¿Qué está insinuando?

—Tiene las manos muy largas —él se encogió de hombros—. Procura no caer entre ellas.

Superficialmente, parecía una advertencia sin más. Quizá ella estuviese sacando más conclusiones de las necesarias. Se miraron fijamente durante un abrir y cerrar de ojos.

–Gracias por el aviso.

Él le miró el pelo y ella volvió a sentir esa oleada abrasadora. Ni en sueños se habría imaginado que el color de su pelo podía producir esa reacción. Dejó escapar un sonido y él la miró a los ojos. El ruido de la fiesta se apagó y quedaron encerrados en una cápsula de sensualidad.

–No, por favor...

Sabía que estaba suplicando. Siempre había querido que alguien se fijara en ella, que le concediera algo de su tiempo y atención. Aunque lo había conseguido en cierta medida con Terry y Sarah, no había sido lo que había buscado. La atención que le concedía Ari en ese momento sí era la que había buscado. Algo aterrador porque la aniquilaría sin ningún esfuerzo.

–Estoy tan desconcertado por mi fascinación como tú, *pethi mou* –murmuró él–. Es posible que el niño de diez años que llevo dentro no se haya recuperado todavía de la impresión que le produjo descubrir que su actriz favorita tenía el pelo rojo porque se lo teñía.

–Qué traumático... ¿Preferiría que me lo tiñera de negro o me lo afeitara? –bromeó ella.

–No te atreverás –murmuró él en un tono amenazante.

–Ahora es cuando debería decirle que es mi pelo y que puedo hacer lo que quiera.

–Y yo te amenazaría con encerrarte en una mazmorra hasta que recuperaras el juicio.

Ella, involuntariamente, esbozó una leve sonrisa. Él también sonrió fugazmente, pero volvió a ponerse serio y siguieron mirándose. Unos pensamientos obscenos y deliciosos de mazmorras y héroes sin camisa le inundaron la cabeza y el deseo se adueñó de ella. Se aclaró la garganta al darse cuenta de lo ridícula que estaba siendo por sentir placer con el tono posesivo de su voz.

–¿Puedo proponer una cosa? –preguntó ella.

Él dio un sorbo sin dejar de mirarla. Ella deseó poder hacer lo mismo, pero tenía que mantener la cabeza lo más despejada que fuese posible.

–Adelante.

–Es posible que si acordásemos no cruzarnos, esta... cosa acabaría desapareciendo.

–¿No has oído decir que el corazón se encariña más con la ausencia?

–Creo que estaremos de acuerdo en que nuestros corazones no son el problema en este caso.

Él endureció lentamente el rostro hasta que fue una máscara inescrutable.

–No, desde luego que no lo son.

El sentimiento tan profundo que se reflejó en su voz hizo que algo muy intenso le oprimiera el pecho y vio otra vez ese tormento en su rostro.

–Debe de añorar mucho a su esposa –soltó ella antes de que pudiera evitarlo.

Él apretó la copa con tanta fuerza que ella temió que pudiera romperla.

–La muerte de Sofía fue una pérdida para el mundo y para mí.

El dolor de su voz le atravesó el corazón y ella miró hacia otro lado porque no podía mirar su rostro desolado por la tristeza y el remordimiento. Ella agarró la copa de champán con una mano tan temblorosa que estuvo a punto de derramarla. La dejó precipitadamente en una mesa.

–No había tenido la ocasión de decírselo antes, pero siento su pérdida... Si me disculpa, creo que me necesitan.

Se alejó antes de que pudiera hacer algo irreflexivo, como pedirle que le explicara qué se sentía con un amor así o manifestar lo que sentía ella, y que se parecía a la envidia. Había querido un amor así y había depositado todas sus esperanzas en Morgan, quien se había aprovechado para chantajearla. El destino le había dado un revés por haberse atrevido a tender la mano y pedir. No era tan necia como para plantearse siquiera pedir otra vez.

Ari, atónito por lo que acababa de revelar, observó a Perla mientras se alejaba. Jamás hablaba de Sofía. Ni siquiera a sus hermanos o a su madre. Y menos a desconocidas traicioneras con las que había cometido el error descomunal de haberse acostado. Sin embargo, le había bastado una frase para desahogarse, y se habría desahogado más todavía si Perla no se hubiese marchado porque había estado a punto de reconocer cómo había entrado Sofía en su vida y cómo había salido. Sofía había sido una persona cariñosa y delicada a la que se había aferrado y a la que había utilizado para aliviar su alma atormentada justo después de la traición de su padre.

Saludó a un invitado que se había acercado para hablar con él e intentó recomponerse.

Era inconcebible que todavía sintiera esa atracción hacia Perla Lowell. Lo que había pasado entre ellos, dos veces, debería haber bastado para haber sofocado cualquier apetito que había ido creciendo dentro de él aunque no se hubiese dado cuenta. Al principio, había creído que su fascinación se debía a que era la primera mujer con la que se había acostado después de Sofía. Esa había sido su excusa durante las semanas siguientes a que descubriera su verdadera identidad. ¿Y la segunda vez? Apretó los dientes. La segunda vez estaban tan excitados que ni siquiera había tenido el sentido común de ponerse un preservativo. Ni siquiera se acordó de ese detalle hasta que estaba en medio del Atlántico camino de Estados Unidos. Se estremeció por la increíble estupidez que había hecho. ¿Cuántas veces, de jóvenes, había advertido a sus hermanos de que tenían que ser prudentes con las mujeres con las que se acostaban? Sobre todo, después de que hubiese averiguado el humillante legado que había dejado su padre. Que él hubiese caído en la misma trampa, en el mismo hechizo...

Ya estaba bien. No conseguiría nada flagelándose. Se concentró en el invitado que tenía al lado y disimuló su disgusto cuando comprobó a quién estaba intentando llamar la atención.

—No está nada mal tu nueva organizadora...

Roger Hamilton miraba fijamente a Perla, quien atendía a los invitados con una sonrisa franca y amable. El interés evidente que se reflejaba en sus ojos hizo que sintiera un arrebato de rabia.

—También es inalcanzable —replicó él sin disimular la aspereza.

Hamilton abrió los ojos y esbozó una sonrisa muy elocuente.

—Entendido amigo, es terreno vedado.

Ari apretó los dientes y abrió la boca para negarlo.

—Muy vedado. ¿Ha quedado claro?

¡De dónde había salido eso! Evidentemente, estaba perdiendo la cabeza.

—Claro como el agua —Roger le dio una palmada en el brazo—, pero dime una cosa. Entre tú y yo, ¿el color del pelo es el auténtico?

Ari apretó los puños con todas sus fuerzas. Había estado fascinado con el pelo de Perla desde el primer momento y oír que otro hombre sentía la misma fascinación hizo que se enfureciera.

—Eso... amigo, es algo que nunca sabrás.

A partir de ese momento, se ocupó de que siempre estuvieran separados por el ancho de una habitación. Aunque tampoco hizo falta porque Perla parecía igual de decidida a mantenerse alejada. Algo que debería haberlo complacido, pero que solo consiguió que su ánimo se ensombreciera más todavía. Impulsivamente, sacó el móvil y marcó.

–Una llamada del gran jefe... –contestó Theo–. No habré sido un chico malo, ¿verdad?

–Tú sabrás, pero ¿puede saberse qué tiene Río de cautivador que no puedes salir de allí?

–Sol, mar y mujeres impresionantes –Theo se rio–. ¿Hace falta que te diga algo más?

A pesar del tono, Ari captó algo cauteloso que hizo que se dispararan las alarmas.

–¿Todo va bien?

La preocupación que siempre había sentido por sus hermanos aumentó. Theo había sido el familiar más joven y vulnerable cuando su mundo se desmoronó gracias a su padre.

–Claro. ¿Y tú? Normalmente, me mandas unos correos muy serios para que te informe.

–Y no contestas la mitad. He creído que tenía que emplear otros medios para captar tu atención.

–¿Seguro que estás bien? –le preguntó Theo después de un silencio.

–Estoy bien, pero me gustaría que los tres fuésemos a remar pronto.

–Vaya, tienes nostalgia de las palizas que te llevas. Puedo darte ese placer, pero ¿esta necesidad de quemar energías tiene algo que ver con el dolor de cabeza que te has creado a ti mismo al contratar a la mujer de Lowell?

–¿Te has enterado?

–Toda la empresa se pregunta si te has vuelto loco. Yo también me pregunto si te has vuelto loco. No estará chantajeándote, ¿verdad?

Ari agarró el teléfono con fuerza al oír el tono tenso de su hermano. Theo estuvo secuestrado de adolescente y su familia negoció el rescate durante dos meses antes de que lo liberaran. Por eso, el asunto del chantaje era muy delicado.

—No. Ella necesitaba un empleo, demostró tener aptitudes y se lo di.

—¿Se lo has comentado a Sakis? Estoy seguro de que pondrá el grito en el cielo cuando salga de su nido de amor y vuelva al mundo real.

—Yo me ocuparé de Sakis. Entretanto, tú ocúpate de que tu asistente coordine las agendas con la mía para nuestra próxima cita para remar. Quiero que nos juntemos lo antes posible y enterarme de lo que haces exactamente en Río.

—Cualquiera diría que tengo doce años...

—Siempre has tenido doce años para mí porque, sencillamente, no dejas de comportarte como si los tuvieras.

Colgó ante las maldiciones de Theo y se dio cuenta de que estaba sonriendo. Se guardó el móvil y vio que Perla estaba observándolo. Sus ojos grandes y verdes reflejaban un asombro que intentó disimular. Cuando él se dio cuenta de que se debía a su sonrisa, dejó escapar una maldición en voz baja. ¿Era un ogro que había dado la impresión de que no sonreía nunca? Sí. Sonreír y reír eran algo del pasado desde que perdió lo más preciado que tenía en la vida por arrogancia y descuido. Había creído que ya se había sacrificado bastante por su familia y que se merecía la felicidad. Había sido descuidado con la salud de Sofía, se había contagiado de su tendencia a ver siempre el lado optimista, cuando él había sabido que el lado optimista no existía casi nunca. El remordimiento se le mezcló con el dolor y borró cualquier retazo de jovialidad. No tenía derecho sonreír o reír cuando tenía las manos manchadas de sangre.

Perla seguía mirándolo y él se dio la vuelta. Quizá Theo tuviera razón y había hecho un disparate al contratarla a pesar de su evidente talento. Sabía que podía haber encontrado a alguien igual de apto y que no supusiera un conflicto ni que hiciera que a sus clientes masculinos se les cayera la baba al verla. Hasta ella misma sabía que algunos de los demás empleados murmuraban y que se había complicado la vida. Sacó el móvil y llamó a su asistente.

–Llama al director de Recursos Humanos. Dile que mañana quiero hablar con él sobre Perla Lowell.

Capítulo 7

POR qué llamó el director de Recursos Humanos para hablar conmigo? No me digas que lo hace con todos porque se lo pregunté a David y a Cynthia y no los llamó.

Ari siguió admirando la vista desde el ático de su último hotel, en el centro de Washington, e hizo un esfuerzo para no reaccionar con vehemencia a esa intromisión. Sin embargo, era difícil no darse la vuelta con tensión al sentir la descarga eléctrica que le producía su presencia.

Habían pasado tres semanas desde la última vez que vio a Perla, en Miami. Se marchó al día siguiente de los desfiles y fue a visitar otros hoteles y casinos de la Costa Oeste. Sin embargo, tuvo que volver porque tenía que hacer todo lo posible para que Pantelides WDC fuese la joya de la corona de Pantelides Luxe. Que hubiese pensado demasiado en Perla Lowell lo atribuía a que quería cerciorarse de que no alteraba más a la empresa. Naturalmente, habría preferido que no se hubiese sabido, pero...

—Al parecer, la discreción es un bien escaso estos días —replicó él con un suspiro.

La oyó respirar justo detrás de él y se preparó para el impacto de verla y olerla.

—Entonces, ¿no lo niegas? Sabes la impresión que has dado de mí al hacerlo, ¿verdad?

—¿Qué te dijo exactamente el director de Recursos Humanos?

–Me preguntó qué tal me iba con el trabajo y mis compañeros.

–¿Y tú sacaste la conclusión de que intento sabotearte de alguna manera?

–¿Le pediste que me llamara o no?

–Perla, tú me hiciste ver un posible problema laboral y tomé medidas. Creo que el director se lo ha tomado un poco demasiado en serio por ser quien eres. Si crees que fue innecesario...

–Lo creo. Tú has dicho algo...

–No, tú dijiste algo. Si hubieses acudido a mí para verificarlo, ellos seguirían sin saber nada.

–¿Estás diciendo que es culpa mía? –preguntó ella con rabia–. Además, ¿te importaría darte la vuelta cuando hablo contigo?

Él suspiró y se dio la vuelta.

–Creo que estás sacando las cosas de quicio y...

Se quedó mudo al verla. Tenía el pelo largo y mojado sobre el cuello. Llevaba un biquini negro con unos cordones tan finos que parecía imposible que pudieran sujetarlo. Una oleada abrasadora lo arrasó por dentro y estuvo a punto de caerse de espaldas contra el ventanal. También llevaba un pareo negro anudado alrededor de la cintura.

–No estoy sacando las cosas de quicio. Me has rebajado a los ojos de mis compañeros.

–¿No has pensando que esa atención podría ser por un motivo favorable en vez de perjudicial?

Él no podía respirar ni moverse. Aunque hablaba, tenía la boca seca y la sangre se le acumulaba por debajo de la cintura. Enseguida, ella se daría cuenta del efecto que tenía en él.

–Yo... no lo había pensado –contestó ella boquiabierta.

–Entonces, es posible que tengas que pensarlo. En cuanto a David y Cynthia, a lo mejor también los llaman.

Es posible que hayas sido afortunada por haber sido la primera.

Volvió a mirarla y se preguntó cuántas personas la habrían visto con ese biquini.

–Me cuesta creer que sigas tan de cerca a todos los empleados... Ari, ¿por qué lo hiciste?

El sonido de su nombre dicho por ella lo abrasó más todavía por dentro.

–¿Por qué te molesta tanto? –murmuró él.

–¿Lo dices en serio? ¡Tengo que trabajar con esa gente!

–Entonces, aclara tú las cosas. Diles que el director de Recursos Humanos solo estaba evaluando a los empleados y que sacaste conclusiones precipitadas. Eso es lo que pasó en realidad.

–¿De verdad esperas que me lo crea?

–Sí.

–Debes de pensar que soy muy crédula.

–Si lo creyera, no estarías trabajando para mí. No deberías darle demasiada importancia a lo que piensan de ti. A no ser que ese sea el verdadero problema. ¿No confías en tu propio juicio?

Se quedó pálida y se retorció las manos con una angustia que lo incomodaron.

–No –susurró ella–. Efectivamente, no... no sé juzgar bien a los demás.

Esa angustia hizo que él sintiera una opresión en el pecho y le tomó la barbilla con una mano. El olor de su cuerpo mezclado con el cloro le atenazó la garganta. La sangre le bulló, pero se alegró de que, al estar tan cerca y mirándose a los ojos, ella no pudiera comprobar lo excitado que estaba.

–¿Por qué dices eso?

–Me equivoqué radicalmente contigo, ¿no?

–Sin embargo, no estabas pensando en mí en este momento.

–Vaya, ¿ahora puedes leer la mente de los demás?

–No, pero, al revés que tú, sí puedo interpretar a los demás. ¿Quién fue, Perla?

–¿Hace falta ser un genio para saber que me equivoqué al juzgar a mi marido? Creía que podía confiar en él, pero él... él...

Perla cerró los ojos y sacudió la cabeza. El dolor que se reflejaba en su rostro y en sus palabras tocó una fibra dentro de él, una fibra que no quería que nadie tocara. Durante su infancia, solo había querido seguir los pasos de su padre, hasta que averiguó que eran los pasos de un mujeriego, un extorsionador y un defraudador. Un hombre que se aprovechó de que su hijo lo idolatraba para manipularlo en beneficio propio. El dolor lo desgarró. Creía que lo había enterrado hacía mucho tiempo, pero últimamente lo revivía con frecuencia, y Perla estaba siempre presente cuando aparecía. Quizá los dos sintieran el mismo dolor y traición.

–Si te refieres a tu marido, solo era un hombre. No permitas que él te nuble el juicio sobre todo el mundo. Confía en tu instinto.

–¿Que confíe en mi instinto? No creo que sea una idea muy buena. Mi instinto me dijo que eras un hombre bueno, pero me consideraste una especie de delincuente cuando supiste quien era.

–Ya no lo pienso, o no estarías aquí.

–Eso es una verdad a medias, ¿no? Si hubieses creído que podía defenderme por mis medios, no habrías hecho nada.

–Me contaste que llevabas mucho tiempo sin trabajar. Eso, añadido a lo que había hecho tu marido, te dejaba en una situación vulnerable.

–¿Intentabas salvarme? Qué noble e innecesario por tu parte.

Ella tenía una mano en la cadera y eso hizo que se fijara en sus pechos. Unos pechos que quería acariciar más que respirar. Se dio la vuelta para mirar por el ventanal y pensar en otra cosa.

−¿Ya has terminado de criticarme?

Quería que se marchara antes de que hiciera una estupidez, como comprobar si el sofá que tenía detrás resistiría el peso de los dos y sus acometidas.

−No. No necesito que me salven, Ari.

−Muy bien. No me meteré, aunque has desorbitado una mera evaluación. Es posible que lo mejor habría sido que hubiese dejado las cosas seguir su curso. Pasemos página.

−Pasemos página... −él oyó que ella suspiraba detrás de él−. Para ti, es fácil decirlo.

−No, no lo es.

Se quedó paralizado. ¿Por qué había dicho eso? Se metió las manos en los bolsillos con la esperanza de que ella pasara por alto el desliz.

−¿Qué quieres decir? −le preguntó ella poniéndose a su lado.

Apretó los dientes hasta que notó que las palabras brotaban de él.

−Quiero decir que sé lo que es sentirse observado por gente que hace sus juicios sin que puedas controlarlo, que en el mejor de los casos te juzguen con compasión y en el peor, con malicia.

−¿Quién...? ¿Por qué...? −preguntó ella sin poder respirar.

Él se dio la vuelta y la miró. Sus ojos rebosaban comprensión y tenía los labios separados por el desasosiego. Tenía esa expresión por él y eso le llegó al alma.

−¿No sabes nada de Alexandrou Pantelides, mi padre?

Ella negó con la cabeza y él se sintió aliviado.

−Entonces, prefiero que sigas sin saberlo durante un tiempo.

−¿Era al que te referías cuando dijiste «él» aquel día en tu despacho?

–Sí.

–¿Y no quieres ser como él? ¿Qué te hizo? –preguntó ella con la voz ronca por la lástima.

–Nada que quiera contarte.

–De acuerdo, pero sabes que puedo buscarlo en Internet en cuanto salga de aquí.

Él se estremeció ante la idea de que Perla supiera lo humillante que era su pasado.

–Sí, pero sé que no te formarías una opinión de mí como crees que otros hacen de ti.

–Si sabes lo que se siente, ¿por qué llamaste al director de Recursos Humanos?

–Vi un posible problema y quise solucionarlo. Es lo que hago.

Cuando su padre destrozó sus vidas, él tenía diecisiete años y asumió el papel de protector. Su prioridad fue proteger a su madre y a sus hermanos menores del acoso de la prensa. Sus hermanos, después de unos años muy complicados, llegaron a ser estables y triunfadores y su madre había acabado encontrando la paz. Había creído que su familia estaba a salvo, hasta que el destino le demostró lo contrario... ¡Aquello era excesivo!

–Ya has hablado de tu dolor y te he escuchado. ¿No tienes que trabajar?

–Es mi día libre, pero Ari... –contestó ella dolida por su tono hosco.

Él la miró de arriba abajo, pero no hizo caso de la lava que la corría por las venas.

–¿A esto te referías cuando propusiste que nos mantuviésemos alejados? Porque eso... –le señaló los trozos de tela–... no es la mejor manera de alejar la tentación de nuestros caminos.

–Lo siento. No he pensado... he reaccionado...

–¡Pues piénsatelo mejor la próxima vez!

Fue como si la hubiese golpeado, pero no pudo reprochárselo porque estaba hundiéndose en el infierno. Casi había desvelado secretos que no conocía nadie y la tentación de quitarse ese peso de encima era muy grande, pero no con la mujer cuyo marido había hecho que la prensa sacara a la luz toda la humillación. Apretó los dientes y observó, fascinado, que ella se reponía con una dignidad que le pareció admirable.

–Somos débiles el uno con el otro –replicó ella mirándolo con rabia–. Golpearme por tu debilidad es una cobardía impropia de ti. No lo hagas. Te aseguro que puedo responder.

–Tienes que marcharte –replicó él al notar que se acaloraba–. Ahora, antes de que haga algo que los dos lamentaríamos.

–Ari...

–Un consejo. A ningún hombre le gusta que le digan que es débil, podría malinterpretarlo como un desafío. Márchate antes de que te invite a que cumplas tu amenaza de responder.

–Tendremos que encontrar la manera de trabajar juntos, Ari.

–Lo hablaremos cuando no lleves un pareo y un biquini que parece suplicar que te lo arranque.

Perla, mientras se marchaba del ático de Ari, intentó no contar todo lo que había salido mal. Primero, debería haber esperado a tranquilizarse antes de ver a Ari. Además, ¿cómo se le había ocurrido presentarse con dos trozos diminutos de tela y un pareo? Sin embargo, lo que más le impresionaba, y hacía que lamentara haber elegido ese momento, era la expresión de su cara cuando confesó que había pasado por lo mismo que ella. Fue un dolor distinto al que había visto cuando habló de su esposa, pero, en cualquier caso, estaba atormentado. ¿Qué le había pasado a Arion Pantelides y qué le había hecho su padre? Llegó a su suite y miró hacia el portátil que estaba encima de la consola, pero no hizo caso de la vocecilla que le decía que el conocimiento era poder. Si Ari quería privacidad, ella se la concedería. En cuanto a su enfado por haber ido a verlo con un biquini y un pareo... Se miró y vio que tenía los pezones endurecidos y que el pecho subía y bajaba por la agitación. No le extrañó que se hubiese enfadado. Se dejó caer en la cama abrumada por la reacción de su cuerpo. Estaba claro que aunque se habían mantenido alejados durante tres semanas, no habían conseguido lo que se habían propuesto. Si acaso, la avidez y la atracción eran mayores.

También estaba claro que su reacción a la llamada del director de Recursos Humanos había sido desproporcionada y que quizá hubiese empeorado su situación laboral. Sin embargo, no se había imaginado las miradas escépticas entre sus compañeros cuando se aceptaron todas sus propuestas para la inauguración de Pantelides WDC. Complacida porque la valoraban como una buena trabajadora, hizo más propuestas. Precisamente, salió disparada de la piscina del hotel para enfrentarse con Ari porque había empezado a cuestionarse a sí misma y porque había recibido la llamada muy poco después. Naturalmente, no tenía nada que ver con que no hubiera podido dejar de pensar en él desde Miami. Estaba allí para trabajar y tenía que concentrarse en eso y en nada más. Tenían que pasar página... Ari tenía razón aunque le fastidiara. Faltaban dos semanas para que se inaugurara ese hotel en la capital política de Estados Unidos. Era una obra arquitectónica impresionante y esperaba conseguir la categoría de seis estrellas. Ya estaban alojados los críticos del sector y habían hecho comentarios muy halagadores. Ella, a pesar de los problemas, estaba muy emocionada de estar trabajando en la inauguración.

Se duchó, se puso el albornoz, pidió algo al servicio de habitaciones y abrió el portátil. Un repaso por las actividades en Washington le había dado algunas ideas para la inauguración. Ya había conseguido el cuarteto de jazz favorito del presidente y había confirmado una visita especial al Smithsonian y a la Casa Blanca para los invitados VIP que se quedaban a dormir. Su idea de una excursión nocturna en el yate Pantelides también se recibió con entusiasmo.

También examinó los detalles de la Oktoberfest, pero la descartó inmediatamente porque no creía que beber cerveza encajara en la idea que tenía Ari de su hotel. Sin embargo, sí podía acudir ella mientras estaba allí. Tenía que hacer algo para olvidarse de que Ari estaba otra vez al alcance de la mano. Llamaron a la puerta y, para su alivio, pudo pensar en otra cosa. Le rugió el estómago al oler el pollo asado y la ensalada y cayó en la cuenta de que no había comido nada desde el café y el bollo que desayunó precipitadamente a primera hora de la mañana. Lo comió con tanta ansia que, una hora después, tuvo que ir al cuarto de baño para vomitar.

–¿Te pasa algo? Estás un poco pálida.

Susan, la ayudante del conserje, la miró mientras esperaba que le fotocopiaran la lista y notas que había escrito la noche anterior. Ella negó con la cabeza y se alisó la falda negra y la camisa negra de seda que se había puesto para la reunión con Ari y el resto de empleados clave del hotel. No sabía si había elegido bien. La camisa no le pareció tan estrecha en el pecho cuando la compró hacía un mes. Había tenido que desabrocharse los dos primeros botones y quizá debería haberse cambiado todo el atuendo. Sin embargo, se había despertado dos veces para vomitar y, al final, no había oído el despertador. Por eso iba tan retrasada...

—¿No piensas asistir a la reunión, Perla?

Ari estaba detrás de ella. Los reflejos grises de las sienes realzaban la belleza escultural de su rostro, pero sus ojos color avellana eran los que conseguían que le abrasaran las entrañas.

—Sí... Iba en este momento.

—Me alegro de oírlo.

Ari se dio media vuelta y se dirigió a la sala de reuniones. Perla, por fin, agarró los papeles, se despidió de Susan y salió corriendo, pero se quedó petrificada cuando entró en la sala. El único asiento que quedaba libre en la pequeña mesa estaba al lado de Ari. Tendría que oler su colonia y sentir su calidez mientras durara esa reunión. Se le secó la boca y el corazón se le desbocó.

Ari volvió a mirarla con impaciencia y ella tuvo que ir a su lado.

Se comentaron las ideas para la celebración inaugural y se aceptaron o descartaron según Ari consideraba oportuno. Media hora después, él se dirigió a ella.

—¿Tienes la lista?

Ella asintió con la cabeza y repartió las copias.

—Las cuatro primeras están garantizadas. Las otras tres hay que concretarlas todavía.

—¿Oktoberfest? —preguntó Ari.

Perla frunció el ceño y miró la hoja que tenía en la mano.

—Lo siento, no debería estar ahí. Fue una idea que me planteé, pero creo que no es la imagen adecuada para este hotel.

—Efectivamente, no lo es.

Algunos de sus compañeros se miraron. Perla no les hizo caso, frunció los labios y miró a Ari.

—Como he dicho, no debería salir en la lista y...

—Sin embargo, sería perfecta para el hotel de San Francisco —Ari tomó un bolígrafo y empezó a jugar con él–. Llama a su conserjería, diles que lo prueben y que nos informen del resultado. Y apúntate el mérito. En cuanto al resto, estoy conforme con el cuarteto de jazz y la visita a la Casa Blanca. Añádelo a las demás posibilidades y las comentaremos en la próxima reunión.

Se sintió encantada, pero se le heló la sangre cuando volvió a ver las miradas que se intercambiaban los demás. Vio por el rabillo del ojo que Ari apretaba los dientes mientras daba por terminada la reunión. Fue a marcharse, pero él le tapó la salida.

–¿Necesita algo más?

–¿Todo tu guardarropa es negro? –le preguntó él con el ceño fruncido.

–¿Cómo dice?

–El negro no te sienta bien. Pareces demasiado pálida.

Ari bajó la mirada a la camisa desabotonada cuando estuvieron solos y ella ardió por dentro.

–¿Me has parado para criticar mi ropa?

Ella se apoyó con naturalidad en la mesa y arqueó una ceja aunque no se sentía nada natural. Él se metió las manos en los bolsillos y no dijo nada durante un rato.

–He comprobado que te he complicado las cosas –comentó él con cierto remordimiento.

–Es culpa mía en parte. Lo sobrellevaré. Como dijiste, tengo que confiar en mi instinto y en mi talento, no en lo que piensen los demás.

–Bravo. Aparte, si no vas a acusarme de acoso sexual, ¿podría proponerte que te pusieras otra camisa que no mostrara todos tus encantos?

–¡No es para tanto! Y deja de hablar de mis encantos o tendré que decirte que si te metes las manos en los bolsillos así, tus pantalones se tensan y se notan tus encantos. Aunque no es que esté fijándome, claro –añadió ella precipitadamente mientras se sonrojaba.

–Claro... –repitió él sin moverse.

Ella, incapaz de aguantar la mirada de él, bajó los ojos y vio su escote. Se quedó espantada.

–Me parece que he engordado un poco. Iba retrasada esta mañana y no tuve tiempo para cambiarme... De verdad, no es para tanto.

Él entrecerró un poco los ojos y ella creyó que iba a rebatírselo, pero se limitó a abrir la puerta.

Ella pasó por delante y sintió los ojos de él clavados en su trasero. Todo su cuerpo se puso en tensión y se dio cuenta de que la gente los miraba. David y Cynthia, los dos compañeros que habían entrado a la vez que ella, estaban en el mostrador de recepción. Pasaron junto a ellos y no tuvo que darse la vuelta para saber que estaban cuchicheando. Tampoco tuvo que darse la vuelta para saber cuándo se desvió él hacia su despacho porque la falda dejó de arderle y el pulso se le serenó un poco. Aun así, cuando llegó a su diminuto despacho detrás de la conserjería, estaba temblando. Se preparó una infusión de camomila y empezó a trabajar.

Pasó el resto del día ultimando el catering, confirmando reservas y comprobando las respuestas de los invitados. El sándwich de pavo que había pedido para almorzar seguía en su sitio y suspiró con alivio. No quería ponerse enferma al primer mes de empezar un empleo nuevo. Sin embargo, a las seis de la tarde, le dolía la cabeza y se sentía débil. Cerró al ordenador y buscó los analgésicos que siempre llevaba en el bolso. Se tomó dos, subió a su suite, se quitó los zapatos y de tumbó en la cama. El zumbido del teléfono la despertó una hora más tarde.

–Dígame... –contestó ella adormilada y apartándose el pelo de la cara.

–Perla.

La excitación le atravesó el cuerpo. Debería estar prohibido que dijera así su nombre.

–Mmm... Hola –murmuró ella.

–¿Te he despertado? –preguntó él con cierta extrañeza.

–No, solo estaba... No.

–He estado pensando sobre tu... embrollo.

–¿Qué embro...? No, ya te he dicho que lo sobrellevaré.

–Es posible que no haga falta. ¿Has cenado?

–No –contestó ella haciendo un esfuerzo para que el cerebro le funcionara.

–Reúnete conmigo dentro de media hora en el restaurante Athena –le ordenó él refiriéndose al restaurante de lujo que había en la primera planta.

Ella encendió la lámpara de la mesilla y se sentó. Afortunadamente, ya no le dolía la cabeza.

–Mmm... ¿Por qué?

–Tengo que comentarte una propuesta, una oportunidad nueva que puede interesarte.

A ella se le pusieron los pelos de punta ante la idea de reunirse con él a la vista de todo el mundo después de lo que había pasado esa mañana.

–Me encantaría oír tu propuesta, pero creo que esta noche no queda ni una mesa en el Athena. Ya sé que es tu hotel y que podrías conseguir mesa, pero me sentiría fatal. ¿No podemos pedir algo al servicio de habitaciones?

–¿Crees que es prudente que estemos solos en la habitación de un hotel?

Ella se derritió por dentro, pero también se angustió inmediatamente.

–Tienes razón. Allí estaré.

–Media hora. No me hagas esperar.

Perla colgó, se duchó y se alegró de sentirse mucho mejor. Se puso un vestido elegante sin ser sexy y unos zapatos de tacón. Tomó el bolso de mano negro y un chal y salió de la habitación. Una vez en el ascensor, se sintió nerviosa aunque intentaba convencerse de que solo era trabajo. Salió del ascensor e iba a dirigirse hacia el vestíbulo cuando sonó un mensaje en su móvil.

Sal afuera. A.

Dio media vuelta y salió a la fresca noche de octubre. Ari, bajo la elegante columnata del hotel, estaba apoyado en un resplandeciente deportivo negro. Llevaba una camisa azul oscuro, pantalones negros y una chaqueta a juego. La miró con tanta intensidad que la abrasó por dentro. Aunque no dijo nada, cuando volvió a mirarla a la cara, ella tuvo la sensación de que estaba disgustado. Sin embargo, no era ninguna novedad. Ari la encontraba irritante o era increíblemente considerado con ella. Si pudiera elegir, ella preferiría un poco de tranquilidad.

—¿Qué has dicho? —le preguntó él abriendo la puerta del acompañante.

Ella se ruborizó al darse cuenta de que lo había dicho en voz alta.

—Nada. Creía que íbamos a vernos dentro.

—Cambio de planes. Tenías un restaurante griego en tu lista. ¿Quieres conocerlo?

—Me encantaría —contestó ella con una sonrisa y complacida de que se hubiese acordado.

Él esperó a que se hubiese sentado y cerró la puerta. Ella lo miró mientras daba la vuelta al capó. Se movía con una elegancia que parecía innata. Todos sus sentidos se aguzaron en cuanto él cerró la puerta. Su olor era tan aditivo que quería arrojarse sobre él y acariciarle todo el cuerpo con avidez. Lo miró y vio su perfil tenso. Vio que agarraba el volante con fuerza y comprendió que estaba dominando el mismo deseo devastador.

—Ari...

—No somos ni unos adolescentes ni unos animales —replicó él con la voz ronca—. Tenemos suficiente dominio de nosotros mismos como para resistir este... este disparate.

—Estoy de acuerdo —concedió ella aunque resistirse era como haber perdido la batalla ya.

—Lo que pasó entre nosotros no puede repetirse.

El leve tono de autocensura terminó de romper la cápsula de sensualidad y ella, dolida, giró la cabeza para mirar por la ventanilla.

—He captado el mensaje con toda claridad, Ari.

—¿De verdad?

Ella supo que estaba mirándola porque sentía la intensidad de sus ojos en la piel.

—Me detestas porque te recuerdo a algo del pasado. No sé a qué, pero quizá esté relacionado con esa tentación disparatada que no podemos sofocar. Podría buscar un motivo para detestarte también, pero ¿de qué serviría que nos detestáramos mutuamente?

—No te detesto —gruñó él—. Siento muchas cosas, pero puedes estar tranquila porque no te detesto.

—Me alegro. Podría presentar mi dimisión y buscar otro empleo... —ella dio un respingo por al gruñido que retumbó en el coche—... pero solo llevó trabajando unas semanas y mis posibilidades de encontrar otro empleo son...

—No vas a dejar este empleo —él pulsó un botón y el motor se puso en marcha, pero no se movió—. Has firmado un contrato y vas a quedarte.

Capítulo 8

ARI fue tajante, algo absurdo si tenía en cuenta que no se sentía nada firme por el torbellino de emociones que lo asolaba. Había creído que había recuperado el dominio de sí mismo después del incidente del día anterior y por eso había querido hablar de trabajo con ella. Había estado seguro de que podía ver a Perla después de no haberse abalanzado sobre ella cuando llevaba ese biquini, había estado seguro de que podría tenerla al alcance de la mano sin sentir ese anhelo que parecía atenazarle hasta el alma... Un alma que creía carbonizada después de Sofía... después de su padre... Sin embargo, en ese momento, cuando tenía su calidez seductora tan cerca y cuando su voz ronca lo acariciaba cada vez que hablaba, sabía que dominar ese disparate no iba a ser tan fácil. Aun así, tenía que resistir. Todavía sentía al remordimiento que se había adueñado de él desde el preciso instante en que se acostó con ella, pero la atracción no desaparecía. Había dicho que le recordaba a algo del pasado, pero no sabía hasta qué punto.

–De acuerdo, cumpliré el contrato, pero, mmm..., ¿no crees que podríamos marcharnos? El aparcacoches va a volverse loco con la fila que hemos formado.

Él miró por el retrovisor, aceleró y salió de la entrada de hotel para dirigirse a la carretera. El placer por el rugido del motor lo serenó el pulso y tomó aire lentamente. Aparte de remar, solo o con sus hermanos, los motores potentes eran su pasión. Aunque no se daba ese placer lo suficiente. Seguramente, por eso había caído en la tentación... ¡No! Ya estaba bien de excusas. Perla había dado en el clavo. La tentación los había debilitado y él había caído dos veces. La única manera de no ser como su padre era evitar que pasara otra vez.

—Ari, por favor, ¿podrías ir un poco más despacio?

La miró y vio que estaba aferrada al asiento. Soltó una maldición y desaceleró.

—Lo siento.

—¿De qué querías hablar conmigo? —preguntó ella más relajada.

Él se desvió por una calle y se paró delante del restaurante griego. Entraron y se encontró otra vez detrás de ella, del vestido negro que se le ceñía, del chal que le acariciaba los hombros, de los tacones que hacían que tuviera unas piernas interminables. Se paró en seco. Iba vestida de negro otra vez, y de los pies a la cabeza, como si quisiera hacer una declaración de principios.

—Estás frunciendo el ceño otra vez.

Llegaron a la mesa y se sentaron. Tenía que concentrarse en el trabajo.

—Me has preguntado de qué quería hablar contigo.

Ella asintió con la cabeza mientras él saludaba al sumiller. Ella pidió una copa de vino blanco y él una de tinto. Una vez solos, él sacó su minitableta y la dejó en la mesa, entre ellos. Rebuscó un poco y encontró la página que quería.

—Dentro de dos meses espero inaugurar un complejo de vacaciones con casino en Bermudas.

—¿Otro? —preguntó ella ojeando las fotos—. Es impresionante.

—Trabajé codo con codo con los arquitectos para conseguir lo que quería. Un lugar de vacaciones que atraiga a amantes de deportes acuáticos sin restarle nada al casino de lujo.

–El agua parece ser muy importante para ti, ¿no? El ochenta por ciento de tus establecimientos está en el agua o cerca.

Él se quedó impresionado de que estuviera tan bien informada.

–Crecí cerca del agua y empecé a remar siendo muy pequeño.

–¿Remabas? –preguntó ella sin salir de su asombro.

–Competí durante seis años. Cuatro con Sakis y dos con Theo.

Había sido una de las pocas maneras que sus hermanos y él habían tenido para sobrellevar sus vidas destrozadas.

–¿Ganaste?

–Naturalmente.

Ella se rio con un sonido tan puro y placentero que a él se le encogieron las entrañas.

–¡Naturalmente! ¿Cuántos títulos?

–Cinco dignos de mencionar. Mi madre tiene todos los trofeos desde que era un niño.

Ella ladeó la cabeza con el rastro de la risa reflejado en los ojos.

–No puedo imaginarte de niño. Parece como si hubieses nacido como eres ahora.

–Me alegro por mi madre de que no fuese así –replicó él con una sonrisa involuntaria.

Una sombra de angustia pasó por el rostro de ella y borró los restos de risa.

–¿Tu madre vive todavía?

–Sí –él intentó no mostrar los sentimientos encontrados hacia su madre–. Vive en Atenas.

–¿La ves a menudo? –preguntó ella con curiosidad.

–Cuando estoy en Grecia. Lo cual, según ella, es muy poco.

–¿Estáis muy unidos?

Él captó cierta añoranza y, de repente, se dio cuenta de

que sabía muy pocas cosas de Perla Lowell, aparte de la intensa atracción sexual y de lo que había hecho su marido.

—Lo estábamos. Hubo un momento en el que le contaba todo. Era mi mejor amiga y me animaba en todo lo que hacía. Entonces... pasó lo de mi padre.

—¿Pasó...? —preguntó ella conteniendo el aliento.

Él volvió a sentir la implacable reticencia a hablar de su pasado, pero también había sido quien había abierto esa puerta.

—Unos meses antes de que cumpliera dieciocho años, un periodista descubrió la doble vida de mi padre. Todo salió a la luz; fraude, corrupción, apropiación indebida... Nuestras vidas dieron un vuelco de la noche a la mañana. Yo estaba trabajando en una de las empresas de mi padre y estaba en el despacho con él cuando la brigada antifraude irrumpió en el edificio.

—Tuvo que ser horrible presenciarlo —comentó ella con los ojos como platos.

—Lo habría sido si no me hubiese dado cuenta inmediatamente de que tenía que salvar el pellejo.

—¿Qué? ¿Por qué?

Por un instante, pensó no decírselo, como se lo había ocultado a su madre y sus hermanos. Solo un tío lejano sabía lo que había padecido y él había apelado al derecho de secreto entre abogado y cliente para que su tío no pudiera divulgar la verdad.

—Mi padre intentó que yo cargara con la culpa de parte de sus actividades fraudulentas.

—¡Dios mío! ¿Por qué?

—Yo era su hijo mayor y me había interesado mucho en la empresa desde que tenía dieciséis años. Se me daban bien los números y las autoridades sabían que había estado formándome para que acabara tomando las riendas. Como todavía no tenía dieciocho años cuando lo detuvieron, él supuso que me libraría fácilmente. Las autoridades lo creyeron durante algún tiempo, afortunadamente poco.

—¡Es espantoso! —exclamó ella—. ¿Cómo lo encajaron tus hermanos? ¿Dónde estaba tu madre?

Él, incapaz de parar, hizo una mueca mientras las viejas heridas se abrían.

—Sakis y Theo no se enteraron... Nunca se lo dije.

—¿Por qué? —preguntó ella boquiabierta.

—¿De qué habría servido? Para cuando rompimos con mi padre, la devastación ya había sido inmensa. Tenía la obligación de protegerlos para que no sufrieran más.

—Pero... has estado acarreándolo todo este tiempo...

—Las personas están preparadas para acarrear muchas cosas y tengo unas espaldas muy anchas.

—Anchas o no, no deberías haberlo soportado solo. Tu madre...

—Se enclaustró en nuestra villa de Santorini. La traición de su marido fue excesiva para ella.

Él la necesitó más que nunca en el momento más sombrío de su vida y ella lo abandonó, como abandonó a Sakis y Theo cuando más la necesitaban. Tardó mucho tiempo en perdonarla y en superar la rabia y amargura por su debilidad, pero lo hizo para poder ocuparse de sus hermanos y para salvar lo que quedaba de la empresa familiar después de que su padre la hubiese diezmado con su codicia y negligencia. Dio un respingo cuando Perla lo tocó con delicadeza.

—Siento que te pasara todo eso.

Sus ojos verdes resplandecían con una sinceridad que él quería tomar para arropar su corazón maltrecho, pero se limitó a asentir con la cabeza y retiró la mano porque, a pesar de esos recuerdos demoledores, sintió esa atracción dispuesta a tentarlo.

—¿Por qué?

Ella tomó un trozo de pan.

–Porque... porque nadie se merece pasar lo que tú has pasado.

Llegaron las bebidas y dio un sorbo para que el fuego del alcohol sofocara al fuego del deseo.

–Sin embargo, sobreviví y alguien diría que triunfé.

–Pero todavía te afecta, ¿verdad?

–¿Cómo dices? –preguntó él con tensión.

–Ayer no quisiste que averiguara lo que había hecho tu padre. Sigues afectado por lo que pasó.

–¿Acaso no estamos todos moldeados por nuestro pasado? Tú estás inmersa en tu pasado y reaccionas a tus vivencias.

–¿Por qué dices eso? –preguntó ella palideciendo.

–Ayer reconociste que no sabías juzgar a las personas. No tengo que ser un genio para saber dónde está la raíz.

–Yo... Yo no...

–¿Cómo conociste a Lowell? –preguntó Ari sin querer–. ¿Por qué saliste con él precisamente?

–Porque no tenía una bola de cristal. Además, has dicho «precisamente» como si hubiese tenido a cientos de hombre a mis pies.

Él le miró el pelo. La idea de que ningún hombre se hubiese interesado por ella era ridícula.

–Entonces, fue el primer hombre que mostró interés.

–Era encantador y me prestó la atención que necesitaba... al principio. Creí que era la elección acertada, que teníamos los mismos objetivos y que correspondía a mis sentimientos.

–Sin embargo, te abandonó poco después de casaros –añadió él corroído por la rabia.

–¿Por qué lo sabes? –preguntó ella mirándolo a los ojos con asombro.

–Porque soy el principal accionista de la empresa que intentó destruir. Mi hermano se ocupó de casi toda la investigación, pero yo pude ver lo suficiente.

Ella, asustada, desvió la mirada, tomó la copa de agua y dio unos sorbos.

—Entonces, sabes muchas cosas de mí.

—Lo bastante como para saber que tus padres no aparecen por ningún lado. Te ocupas de tus suegros, pero ¿y tus padres? —preguntó él para que no hablaran de los cónyuges muertos.

—No tengo. —él captó la misma angustia de antes—. Entré en el sistema de adopciones cuando tenía un mes. Mi madre biológica me abandonó a la puerta de los servicios sociales con mi nombre de pila y mi fecha de nacimiento clavados con un alfiler en la manta. La fecha de nacimiento podía no ser la correcta porque no había certificado de nacimiento, aunque los médicos están casi seguros de que nací el mes que me abandonaron. Sin embargo, no hay registro de un hospital y ni siquiera sé dónde nací. No, no sé quiénes fueron mis padres.

Él agarró la copa con todas sus fuerzas para no tomarle la mano como había hecho ella. Quería tener su cara entre las manos y besarla hasta borrarle ese dolor. Quería rebobinar el tiempo para hablar de otra cosa. Tenía que haberse limitado al trabajo y no a sus dolorosos pasados.

—Perla...

—¿Por qué acabamos siempre en el terreno personal cuando prometimos no hacerlo? —preguntó ella con una risa forzada.

La miró fijamente y todo ese disparate lo abrumó otra vez. Como a cámara lenta, observó que separaba los labios y que tomaba aliento casi con necesidad. Ella sacudió la cabeza y bajó la mirada a la tableta, que estaba apagada.

—Estábamos hablando del centro de vacaciones —comentó ella después de aclararse la garganta.

—Es verdad. Quería indagar la posibilidad de que te ocuparas sola de la inauguración para los VIP. Si aceptas, tendrás que darte prisa. Los invitados llegarán a finales de la semana que viene.

–La inauguración previa es para que tus invitados exclusivos conozcan el centro y se lo cuenten a sus amigos para cuando esté inaugurado definitivamente, ¿no?

–Sí. Por eso, tiene que ser superespecial. Tu aportación aquí, en Washington, ha sido inestimable y puedes quedarte si quieres, pero creo que esto es más parecido a lo que hacías antes.

–Sí, pero nunca había trabajado en un sitio tan... exótico.

–Entonces, será la ocasión para que te pongas a prueba. Quiero ver cómo encabezas un proyecto más ambicioso.

Él dio otro sorbo de vino y la miró mientras asimilaba la información.

–¿Encabezarla? –preguntó ella abriendo los ojos–. ¿Lo dices en serio?

–Puedes elegir tu equipo; contratar y despedir a tu gusto. Te daremos una lista previa de invitados, pero puedes ampliarla si crees que puedes abarcarla.

–¡Lo dices en serio!

Una felicidad llena de asombro se adueñó de él y la observó entusiasmado. Reflexionó y se dio cuenta de que hacía mucho tiempo que no se sentía tan alegre, pero se negó a creer que se debía a que le había contado su pasado a Perla, aunque tampoco veía otra explicación.

–Tan en serio que te prometo que te asaré a fuego lento si estropeas la inauguración.

–¡Qué miedo!

Él se rio y vio que ella lo miraba con los ojos velados. ¡No! No iban a entrar en eso. Llamó al camarero y esperó mientras ella ojeaba el menú.

–¿Puedo ayudarte? –se ofreció al cabo de unos minutos.

–¿De verdad? –preguntó ella con alivio–. Nunca he sabido pedir en un restaurante y siempre he acabado detestando lo que tengo en el plato y envidiando lo que tienen los demás.

—Pediré un surtido para que decidas lo que te gusta y lo que no.

—Me parece muy bien —ella sonrió—. *Efharisto.*

Se quedó helado al oír su lengua materna con esa carga erótica.

—¿Estás aprendiendo griego?

—Trabajo en una empresa griega. Me parece normal aprender algunas cosas básicas como «gracias» y «¿puede saberse dónde está el café?». Aunque la pronunciación me cuesta.

—Dime lo que te cuesta y te lo enseñaré.

Una vez más, lo dijo antes de que pudiera evitarlo. ¿Podía saberse qué estaba pasándole? Le dijo al camarero los platos que quería y añadió que se dieran prisa.

Hablaron del centro de vacaciones en Bermudas y de algunas ideas. La pasión de ella hizo que se alegrara de haberle dado la oportunidad. Luego, la observó mientras probaba la comida con tanto placer como aquella noche en su piso de Londres. Entonces, como en ese momento, le pareció que su apetito era estimulante. Miró sus pechos al acordarse de su comentario de que estaba engordando. Se le hizo la boca agua por el recuerdo del sabor de sus pezones endurecidos. Desvió la mirada, pero volvió a mirarla cuando ella dejó escapar un ruido de angustia. Tenía los ojos muy abiertos y estaba agarrando la copa de agua.

—Ari... No me encuentro muy bien...

—¿Qué te pasa? —preguntó él levantándose con el ceño fruncido.

Ella derramó el agua sobre la mesa y él, de un salto, se puso detrás de ella y arrastró su silla.

—Perla... —dijo tomándole la cara entre las manos.

Ella se levantó y miró alrededor con los ojos fuera de las órbitas, hasta que vio la señal de los cuartos de baño, tomó su bolso y se dirigió hacia allí.

Capítulo 9

SE SENTÍA débil y abotargada otra vez. Aunque eso no era nada en comparación con el temor que la abrumaba. Miró de reojo al hombre que la acompañaba en el ascensor agarrándola del brazo. No había dicho ni una palabra desde que salieron del restaurante. La esperó hasta que salió del cuarto de baño, pero no pudo mirarlo cuando le preguntó si quería que se marcharan. Los empleados del restaurante se disculparon por todos los medios, pero ella no tuvo el valor de decirles que, probablemente, lo que estaba pasando no tenía nada que ver con la comida. Eso se lo dejó a Ari porque ella solo había podido pensar en lo que podía estar avecinándose.

Salieron del ascensor y lo siguió aturdida. Una vez en la habitación, se dio cuenta de que estaban en la suite de él, no en la de ella. Pasaron la sala, el despacho y el dormitorio principal y entraron en un segundo dormitorio con una cama inmensa. Detrás de un arco se veía el cuarto de baño y un vestidor y todo Washington quedaba a los pies de los ventanales.

–Tienes un cepillo de dientes sin estrenar por si lo necesitas –comentó Ari mirándola fijamente.

Ella dejó el bolso de mano en la cama y fue apresuradamente al cuarto de baño, más por demorar lo inevitable que por lavarse los dientes. Se los lavó y se agarró al borde del lavabo. Ari no era tonto y su mirada le había indicado que pensaba lo mismo que ella.

–Perla.

Ella se incorporó tan deprisa que casi se mareó. Él la agarró de la cintura con una mano y le acarició la mejilla con la otra.

–Ven.

El gesto cariñoso la desconcertó y dejó que la llevara al dormitorio. Se sentaron en la cama, él se quitó la chaqueta y se remangó la camisa. Le tomó la barbilla con una mano temblorosa y el corazón le dio un vuelco.

–¿Qué tal estás? –le preguntó en voz baja.

Ella lo miró. Su expresión era menos intensa y una sombra le velaba los ojos.

–Yo...

No pudo terminar porque tenía la garganta seca y atenazada por la inquietud.

–Bebe un poco de agua.

Él le dio un vaso y esperó mientras daba unos sorbos.

–Ari...

–Perla, antes de que digas algo, quiero que estés completamente segura.

El corazón le dio otro vuelco al oír la profunda emoción de su voz.

–¿Por qué? –preguntó ella antes de que pudiera evitarlo.

–Porque las consecuencias serían mayores de lo que puedes imaginarte.

Su voz ronca y la mano temblorosa que todavía tenía en su cintura hicieron que la inquietud se adueñara de ella y desataron un torbellino de emociones en su interior. Derramó unas lágrimas...

–No llores, por favor –le pidió él con la voz entrecortada.

–Perdona, no suelo ser llorona. Es que no puedo evitarlo.

Él apretó los dientes y le pasó los pulgares por las mejillas mientras las lágrimas seguían cayendo. Llamaron a la puerta y él se dio la vuelta, pero ya había captado los ojos atormentados.

—Ha llegado el médico.

—¿El médico? Ari, no necesito un médico. Estoy bien.

Él se levantó y la miró antes de meterse las manos en los bolsillos.

—Puedo decirle que se marche si quieres, pero tenemos que asegurarnos de que no estás enferma. Eso es innegociable. Podemos hacerlo ahora o mañana, cuando tú prefieras.

Tenía razón, tenían que estar seguros de que estaba bien antes de seguir adelante.

—De acuerdo, lo haremos ahora.

Ari salió de la habitación y volvió al cabo de unos segundos con un hombre alto y serio que empezó a explorarla y a hacerle preguntas que le pusieron nerviosa.

—El dolor de cabeza y la fatiga me preocupan un poco. Además, tiene las amígdalas algo inflamadas. Mi consejo es que descanse unos días.

—Eso hará.

—No —replicó ella con firmeza—. Ari, no estoy enferma. De verdad, estaré bien por la mañana.

El médico los miró dándose cuenta de la tensión entre ellos.

—Puedo ponerle una inyección contra la gripe por si acaso.

Ella asintió con la cabeza y él sacó una jeringuilla. Se puso tensa e intentó dominar los nervios, pero la mirada de Ari le indicó que se había dado cuenta. Rodeó la cama y la abrazó.

—Te dan miedo las agujas y, aun así, rechazas la alternativa más sencilla.

—Prefiero que me pinchen a quedarme unos días vagueando en la cama.

Se hizo un silencio muy elocuente y ella se puso roja

como un tomate. El médico disimuló una sonrisa y se concentró en preparar la jeringa. Ari se rio burlonamente y alivió un poco la tensión, aunque ella notó que estaba nervioso.

—Es muy desconsiderado reírse de un doble sentido involuntario.

Él parpadeó y le miró la boca. Tenía la barba incipiente al alcance de la mano, pero sus ojos color avellana y su boca eran más hipnóticos todavía. La mano que la rodeaba la estrechó más contra él y despertó ese anhelo que era imposible de dominar.

El médico se aclaró la garganta y ella dio un respingo. Tenía la aguja encima de la piel.

—¡Un momento! ¿Perjudicaría un embarazo?

Ari se puso en tensión y el médico frunció el ceño.

—¿Está embarazada, señorita Lowell?

—En realidad, soy señora.

Giró la cabeza y su mirada se encontró con la de Ari. Entonces, lo supo, como él. Ari, con una velocidad que la dejó atónita, agarró la mano del médico sin dejar de mirarla.

—Entonces, ¿estás segura?

Ella asintió con la cabeza. Él soltó la mano del médico y se levantó de la cama con unas arrugas muy profundas a los costados de la boca. Estaba embarazada... de Ari. Las dos ideas se le amontonaron en la cabeza y las dos eran igual de abrumadoras.

Remotamente, oyó que él despedía al médico. Volvió enseguida, alto, imponente y con una expresión que ella no se atrevió a definir. Fue de un lado a otro durante unos minutos, hasta que se quedó a los pies de la cama.

—¿Sabías que estabas embarazada? —le preguntó él con la voz cargada de emoción.

—No. Ni me lo imaginaba.

—¿Ni siquiera cuando te has... retrasado? ¿Cuántos días llevas de retraso?

—Casi dos semanas.

—¿No sospechaste nada? —preguntó él yendo de un lado a otro otra vez.

—No. Mi período siempre ha sido irregular.

Ella recordó aquella noche y se sintió avergonzada al acordarse de que estaba tan dominada por el delirio que ni siquiera pensó en tomar precauciones... y estaba embarazada. La felicidad fue adueñándose de ella. Esperaba un hijo al que amar y, sin tenía suerte, un hijo que la amaría.

—¡Dios mío! ¡Esta tarde he tomado unos analgésicos! —exclamó ella con una mano en el vientre.

—¿Qué tomaste?

—¿Crees que le habrá afectado al bebé? —preguntó ella después de decirle el nombre.

—No. El médico me dijo las medicinas que puedes tomar durante el embarazo.

—¿Se lo has preguntado?

—Claro. El bebé también es mío.

Sin embargo, no hacía falta ser un genio para darse cuenta de que no estaba muy emocionado.

—Sé que es muy inesperado. No quiero que pienses que tienes que implicarte...

—¿Cómo dices? —la interrumpió él mirándola con los ojos oscuros como un trueno.

—Quiero decir que no estaba pensado y que no hace falta que participes en las tomas de decisiones. Yo me ocuparé.

—¿Tú te ocuparás?

La furia en su voz hizo que se diese cuenta de que no había elegido las palabras adecuadas.

—¡No! Quiero decir que me haré cargo del bebé cuando haya nacido.

—Entonces, para que quede claro, ¿piensas quedarte el bebé? —preguntó él en tono implacable.

–¡Claro! No se me había ocurrido... Sí, voy a tener el bebé. Quería decir que yo asumiré sola la responsabilidad y que no tienes que preocuparte.

–¿Qué derecho tienes a asumir tú sola la responsabilidad? La responsabilidad sexual es mutua.

–Lo sé, pero yo también participé sin pensar en la protección. Arion, lo que intento decir es que no hace falta que te pongas en plan macho y que te culpes de algo que nos atañe a los dos.

–Perla, mírame –le ordenó él en un tono delicado y mortífero.

Ella levantó la mirada del vientre. La firmeza que vio en sus ojos hizo que se estremeciera.

–¿Te parece que soy el tipo de hombre que permitiría que otro hombre criara a su hijo? Doy por supuesto que en algún momento de tu vida querrás tener una pareja.

Era tan improbable que quiso reírse, pero su expresión le dijo que no le haría gracia.

–No lo sé –replicó ella encogiéndose de hombros–. Es posible.

–Intentemos algo mucho más sencillo –él se acercó a la cama. Su actitud no era amenazante, pero ella sabía que estaba bullendo por dentro–. ¿Te parece que voy a irme a algún sitio?

–Ari...

–¿Te lo parece?

–No.

Ella no supo si sentirse complacida o asustada. Si Ari quería el bebé, y todo parecía indicarlo, significaba que lo tendría en su vida durante el futuro inmediato. Su infancia en casas de acogida le había hecho ver que no todos los hijos son deseados. Independientemente de las circunstancias de la concepción, llegaba un momento en el que los padres abandonaban a sus hijos y desaparecían. Ella no pensaba hacerlo, pero tampoco podía hablar por

Ari. La infancia de él le había dejado unas cicatrices que influían en todas sus decisiones. Le habían decepcionado las personas que deberían haber sido incondicionales y eso, en cierto sentido, era peor que no haber conocido el amor de unos padres. Ella no había sentido ese dolor porque tampoco había tenido esa ilusión. ¿Podría Ari olvidarse de su dolor para amar a un hijo?

–Perfecto. Me alegro de que haya quedado claro.

Retrocedió, se dio la vuelta y se marchó de la habitación sin decir nada. Sin embargo, volvió al cabo de diez minutos con una bandeja de comida que le dejó en el regazo. El jamón y el sándwich de pepino hicieron que le rugiera el estómago.

–Lo he preparado yo mismo. Te prepararé la comida hasta que encuentre un cocinero al que le explique la dieta que necesitas.

Ella se quedó boquiabierta durante unos segundos.

–¿Qué...?

Él le sirvió un zumo de naranja y se lo dio.

–¿Qué parte necesita explicación?

–La parte de... Todo. No hace falta que hagas eso, Ari.

–Sí hace falta. Estás esperando un hijo mío y claro que tengo que hacerlo.

Se quedó con los ojos como platos por la emoción que percibió en su voz, pero cuando lo miró, sus ojos estaban velados y su rostro era inescrutable.

–Come –le ordenó él.

Ella comió en silencio porque, aunque quería seguir indagando lo que había detrás de sus palabras, tenía hambre y tenía que hacer lo que fuese para que su hijo estuviese sano.

–¿Qué tal te sientes? –le preguntó él cuando hubo terminado.

Su voz indicaba preocupación otra vez, pero también había cierta ansiedad que la inquietaba.

—Bien. En estos momentos, me interesa más saber cómo te sientes tú.

—Mi sentimientos no tienen importancia —replicó él levantándose con la bandeja—. Duerme un poco. Hablaremos mañana por la mañana.

Ella quiso preguntarle de qué iban a hablar, pero él ya estaba alejándose con la espalda tan tensa que hizo que se pusiera más nerviosa todavía. Fuera lo que fuese, podría sobrellevarlo siempre que no alterara la tranquilidad del bebé.

Iba a tener un hijo. Ari consiguió dejar la bandeja y, temblando, se agarró a la encimera de la cocina. ¡Iba a tener un hijo! Quiso maldecir al destino, pero fue a la sala y se sirvió una copa de whisky de malta. No podía hacer otra cosa para soportar el miedo que le oprimía el corazón. ¿Estaría condenado a fracasar como había fracasado con Sofía? Se había ocupado de sus hermanos y de su madre y los había protegido de las consecuencias de los actos de su padre, pero no había podido salvar a su esposa... ni al hijo que esperaba. ¿Acaso el destino estaba provocándolo otra vez para que fracasara? ¡No! Agarró la copa con tanta fuerza que la dejó en una mesa para no romperla. Esa vez, todo sería distinto. Fue de un lado a otro para serenarse. Iba a ser padre. Se paró delante de un ventanal. Hacía dos días había estado justo allí y había pensado que controlaba su mundo. Eso fue justo antes de que Perla irrumpiera y lo acusara de controlar su vida. En ese momento, creía que no controlaba ni la suya propia.

Dio media vuelta, salió de la sala y fue a su despacho. Estaban en plena noche en Washington, pero ya estaban trabajando en Londres y en toda Europa. Cuando terminó las llamadas, ya estaba despuntando al alba por el horizonte. Se pasó la mano por el mentón y apoyó la cabeza

en el respaldo. No sabía cómo se tomaría Perla la conversación que iban a tener. Podía haber muchos obstáculos,
pero pensaba pasar por encima de todos porque desde que
supo que estaba embarazada tuvo muy claro que la seguridad de su hijo era lo más importante de su vida.

A las siete, cuando llamó a la puerta, ya estaba levan-
tada, duchada y vestida... de negro. Solo la llamarada de
su pelo daba una nota de color y estaba recogiéndoselo
en un moño mientras lo seguía al comedor, donde él había preparado una bandeja con el desayuno.

Ari tuvo que hacer un esfuerzo para no tocarla y para
no obligarla a que se cambiara de ropa. Ella lo miró un
instante a los ojos antes de fijarse en su ropa.

–¿No has dormido?

–No –contestó él algo molesto porque la ropa de ella
lo había enfadado.

Los ojos de ella dejaron escapar un brillo de preocupación y él miró hacia otro lado.

–Siéntate, bébete el té y come algunas galletas de
esas. Te aliviarán las náuseas.

–Un poco tarde –ella miró la bandeja y arrugó la na-
riz–. Ya he vomitado dos veces.

–Bébetelo de todas formas –insistió él disimulando la
ansiedad.

Perla se sentó y él le sirvió el té dándose cuenta de
que lo miraba con inquietud. Quiso tranquilizarla, pero
se contuvo porque sabía que lo que se avecinaba era
complicado.

–¿No vas a tomar nada?

–No. Comeré aparte hasta que sepamos qué te pro-
duce las náuseas.

–¿Por qué sabes tanto de los vómitos por la mañana
y de las náuseas?

Él contuvo el aliento y sintió una punzada gélida, pero no era nada comparada con el dolor que le desgarraba el corazón por el miedo y el remordimiento.

—Ari... —insistió ella con la preocupación reflejada en el rostro.

—Lo sé porque mi esposa estaba embarazada de cuatro meses cuando murió.

Ella dejó caer la taza en el plato y se quedó pálida.

—Yo... No sé qué decir. Lo siento por...

Él se pasó una mano por el pelo porque no quería que ella viera la devastación que todavía lo asolaba por dentro. Tenían que hablar de cosas más importantes.

—Bébete el té, Perla. Tenemos que hablar de muchas cosas.

Ella tomó la taza y dio otro sorbo con el asombro todavía visible en sus ojos. Él esperó a que se hubiese comido una galleta antes de hablar.

—¿Tienes algún problema de salud que debería saber?

—Soy alérgica al marisco, pero, aparte de eso, siempre he estado sana y el seguro médico de Morgan me hacía revisiones anuales que siempre fueron positivas.

Él apretó los puños al oír el nombre de su marido, pero sofocó ese sentimiento. Tenía que superar que hubiese sido la esposa de otro hombre durante un tiempo más bien corto.

—Muy bien. Entonces, pospondremos la revisión médica hasta que hayamos vuelto a Londres.

—¿Vamos a volver a Londres? —preguntó ella mirándolo a los ojos.

—Sí.

—¿Por qué?

—Porque nos casaremos en Londres.

Capítulo 10

NO.

—Ya lo has dicho dos veces.

—Quiero que no haya malentendidos. No voy a casarme contigo.

Perla vio que tomaba aliento para intentar mantener el dominio de sí mismo. Sin embargo, sentía tal torbellino de sensaciones que le daba igual. ¿Quién habría pensado que una petición de matrimonio podía ser tan dolorosa? Sin embargo, el dolor la desgarraba por dentro mientras se miraban como dos boxeadores en cada esquina del ring.

—Todavía no me has dado un motivo para negarte.

—Y tú no me has dado un motivo válido por el que debería casarme. Supongo que será porque estoy embarazada, pero, aun así, sigo negándome.

—Perla...

—No es no, Ari —le temblaron las manos al recordar lo que había pasado los últimos tres años—. Hace tres años me casé engañada y no pienso hacerlo otra vez, independientemente del motivo.

—Explícate —le pidió él con un brillo de curiosidad en los ojos.

—Ya te he contado que mi matrimonio fue... complicado. También sé lo que opinas de mí y de las circunstancias en las que nos conocimos. Por mucho que intentes negarlo, sé que desprecias lo que pasó entre nosotros, pero te aseguro que perder la virginidad con un hombre que estaba llorando a su mujer el día del aniversario de su muerte ya es bastante horrible. No pienso quedarme atrapada en otra farsa de matrimonio en el que soy el segundo plato.

Perla no siguió al ver que se había quedado blanco como la cera.

—¿Tu virginidad? —preguntó él en un tono áspero como el papel de lija.

Perla se amilanó. Cómo no, de todo lo que había dicho, él había tenido que quedarse con eso. Se dio la vuelta y cerró los ojos con todas sus fuerzas por la vergüenza.

—Perla —él estaba detrás, tan cerca que pudo sentir su aliento en la nuca—. ¿Has dicho que eras virgen cuando nos acostamos? —preguntó él con una emoción que ella no pudo definir.

—Sí —contestó ella apretando los puños e intentando respirar.

—Date la vuelta.

—No.

—Tienes que dejar de oponerte tanto a mí. Hay algunas cosas que dejaré a un lado, pero esta no es una de ellas. Date la vuelta —le ordenó con más firmeza.

Ella se dio la vuelta con el corazón en un puño y abrió los ojos. Los ojos color avellana tenían un brillo deslumbrante.

—Estuviste tres años casada, ¿cómo es posible que fueses virgen cuando murió tu marido?

—No encontramos la ocasión, supongo —contestó ella encogiéndose de hombros.

—No es el momento de ser ingeniosa —él la agarró de los brazos con una fuerza implacable.

¿Cómo es posible que Lowell tuviera a una mujer como tú en la cama y no la tocara?

—¡Porque yo no le hacía nada!

–¿Te negaste a dormir con él? –preguntó Ari con el ceño fruncido.

Ella intentó reírse, pero dejó escapar un graznido.

–Al contrario, me arrojé a sus brazos. Incluso, intenté seducirlo antes de que nos casáramos, pero él dijo que era mejor que esperásemos. Yo, necia de mí, creí que era el colmo del romanticismo, ¡que estaba siendo noble! Sin embargo, resultó que no me deseaba. ¿Quieres saber por qué? Porque la noche de bodas me dijo que era gay.

–¿Lowell era gay? –preguntó Ari con los ojos fuera de las órbitas.

–Me extraña que no lo sepas teniendo en cuenta dónde lo encontraron vuestros investigadores.

–Sabíamos que estaba viviendo en una zona infame de Bangkok, pero yo supuse...

–¿Qué estaba con prostitutas? No, Ari, lo más probable es que mi marido estuviese cohabitando con un amigo cuando vuestros hombres dieron con él. No necesité una bola de cristal para saber que había cambiado las condiciones del contrato y que había conspirado para hundir el petrolero porque necesitaba dinero para pagarse su vida secreta y la adición a las drogas que lo mató.

–Perla *mou*...

–No quiero hablar más de esto y tampoco quiero hablar del matrimonio. Me lo pides porque estoy embarazada, pero nada me convencerá de que me case otra vez.

–¿Ni siquiera la seguridad de tu hijo?

Ella palideció. Él la tomó entre los brazos, fue hasta el sofá y se sentó con ella en las rodillas.

–Ese hijo lo significa todo para mí y pienso darle todo lo que necesite –susurró ella con rabia.

–Todo menos un hogar estable y la unidad de sus padres.

—Eso es un golpe bajo, Ari. Tú lo tuviste un tiempo, pero tampoco fue gran cosa para ti, ¿no?

Lamentó haber replicado así, pero tenía que defenderse. Ya no luchaba solo por ella, tenía que pensar en el bebé.

—Nuestro matrimonio será distinto —afirmó él abrazándola con más fuerza.

—No puedes saberlo.

—Estoy decidido a ganar esta pelea, Perla.

—¿Por qué tiene que ser una pelea?

—Porque te opones a cada intento que hago de que veas el sentido.

—Que no vea las cosas como tú no quiere decir que no tengan sentido. Si esto no hubiese pasado, ¿me habrías pedido que me casara contigo?

Él apretó los dientes y bajó la mirada. Ella tuvo la respuesta que necesitaba.

—Entonces, ¿por qué tiene que ser distinto para mí?

—Porque ya no se trata solo de ti.

—Lo sé, pero eso es chantaje emocional.

—Es la verdad. Dime qué tienes pensado para nuestro hijo. ¿Piensas volver con tus suegros cuando haya nacido? ¿Piensas vivir con los padres de Lowell y el hijo de otro hombre?

—Claro que no. Buscaré otro sitio para vivir.

—¿Y cuando sea un poco mayor?

—Buscaré la mejor forma de que lo cuiden y seguiré con mi profesión. Millones de mujeres lo hacen todos los días. ¿Por qué iba a ser distinta?

—Porque no es un bebé cualquiera, es un Pantelides. Lo quieras o no, eso hace que sea distinto a cualquier otro bebé.

—Ya sé que te gusta creer que eres especial, pero...

—No hay peros, Perla. Perdí un hijo antes de que naciera —él le miró el vientre y tragó saliva—. Si tengo la suerte de ser padre esta vez, nada ni nadie me apartará de mi hijo.

Empate. Aunque sabía que era provisional, se aferró a ese empate mientras el avión privado los llevaba a Bermudas y al proyecto que había aceptado hacía un siglo. La costaba hacerse a la idea de que hacía dieciocho horas que había descubierto que estaba embarazada de Ari, pero le costaba más creer que había aceptado darle una respuesta en el plazo que tardaría en tramitar el permiso de matrimonio. Sin embargo, la expresión de su cara cuando aceptó le había llegado al alma y había llegado a creerse que hablaba en serio cuando dijo que quería tener un papel permanente en la vida de su hijo. Después de haberse pasado la vida de casa de adopción en casa de adopción, ¿no le debía a su hijo que tuviese los mejores cuidados posibles? Sin embargo, ¿podía atarse a otro hombre que no la quería por sí misma? Los ojos se le empañaron de lágrimas, otro síntoma del embarazo que no podía evitar. Se las secó y miró a Ari.

—¿Qué te pasa?

—Creo que he descubierto la hormona del embarazo que me hace llorar a la primera de cambio.

Él se levantó del asiento de cuero y le tendió una mano.

—Ven.

—¿Adónde vamos? —preguntó ella mientras le tomaba la mano.

—Falta hora y media para que aterricemos. Deberías descansar.

—Estoy embarazada, no enferma. No tengo que descansar.

—Pero descansarás o daré la vuelta al avión para volver a Londres.

—Tengo que trabajar, Ari...

—Ni siquiera veías la pantalla de la tableta por las lágrimas.

—Estaba pensando la estrategia...

—Sí, tanto que estabas llorando.

La agarró de la cintura y la llevó a un lujoso dormitorio con una cama enorme llena de almohadas y con una colcha dorada. Se sentó en el borde, se quitó los zapatos con los pies y se tumbó mientras bostezaba.

—Creo que me vendrá bien descansar un poco —reconoció mirando a Ari.

Él se acercó y empezó a quitarse los gemelos. Se remangó la camisa y se quitó los zapatos.

—¿Qué haces?

—¿Tú qué crees?

—Pero...

Perla se calló al acordarse de que había estado toda la noche despierto. Se dio cuenta de que la había cuidado desde que se enteró que estaba embarazada y había descuidado sus propias necesidades. Podía empeñarse en que él volviera a la cabina, pero sería una crueldad innecesaria y había sitio de sobra en la cama. Además, no iba a arrancarle la ropa y a hacer el amor desenfrenadamente con ella. Ya habían pasado esa fase. Dejó a un lado el dolor que le producía pensarlo y levantó la colcha. Él se metió en la cama con una sonrisa que no se reflejó en sus ojos. Se puso de costado y le miró el pelo con sus ojos hipnóticos.

—Estarías más cómoda si te soltaras el pelo.

—No lo creo. Mi pelo me ha acarreado muchos problemas con el niño de diez años que llevas dentro. Se quedará recogido.

—Como quieras.

Él se relajó con las manos cruzadas sobre el pecho y cerró los ojos. Al cabo de unos minutos, oyó su respiración serena. Lo miró porque no pudo evitarlo y porque la transformación de Ari cuando estaba reposando era increíble. Ya sabía el motivo de sus ojos atormentados y se alegraba de que durmiera tranquilo. Por primera vez, pensó en todo lo que había perdido Ari. Tuvo que ser devastador que perdiera a su esposa y al hijo que estaban esperando. No le extrañó que estuviera tan desolado en Macdonald Hall ni que quisiera buscar una forma de olvidarse. Las lágrimas volvieron a nublarle la vista. Tenía que acabar con eso o estaría chiflada mucho antes de que naciera su hijo, pero tenía que estar muy cuerda y con el corazón intacto. Había pasado por muchas cosas y no podía volver a poner en peligro los sentimientos. No se plantearía la propuesta de Ari hasta que estuviera segura porque algunas veces él le mostraba una delicadeza que hacía que su necio corazón creyera que podía quererla. Eso era un camino resbaladizo al desengaño y no pensaba recorrerlo.

Se despertó al oír los latidos de un corazón a su lado y al oler un aroma muy conocido. Sin embargo, abrió los ojos lentamente al notar una mano en el abdomen. Estaba despierto y le miraba el vientre. Al parecer, se había acurrucado a él porque, además, la rodeaba con un brazo. Lo observó y vio una expresión de desesperanza en su rostro. Era tan intensa que contuvo el aliento. Él debió de notarlo porque empezó a retirar la mano, pero ella se la sujetó donde estaba.

—¿Qué le pasó a ella?

Él se quedó inmóvil y, durante unos minutos, Perla creyó que no iba a contestar.

—Tenía el corazón débil y los médicos estaban divididos entre los que creían que podría tener un hijo y los que no. Ella se puso del lado de los más optimistas. El corazón falló a los seis meses.

—Y tú te lo reprochas.

—A pesar de los temores, me dejé convencer de que no pasaría nada —replicó él con una sonrisa sombría—. Sin embargo, los dos murieron.

—Ari, no puedes...

Él se apartó y se levantó.

—Perla, no vamos a hablar de eso ahora. Aterrizamos hace diez minutos.

El Pantelides Bermudas era otra obra de arte arquitectónica. El camino entre palmeras llevaba a seis edificios unidos por puentes de madera. Eran suites con varias habitaciones, una amplia terraza de madera, una piscina que parecía acabar en el infinito y un lujoso jacuzzi que daban a una playa privada con arena blanquísima. El exclusivo casino de tres pisos, totalmente de cristal, estaba plantado sobre postes transparentes y parecía flotar en el mar.

Ari se volvió hacia ella cuando el equipaje ya estaba en el todoterreno.

—Luego lo recorreremos entero, pero, ahora, te presentaré a tu cocinero.

—Mientras no me ordenes que descanse, me parece bien.

Él esbozó una sonrisa, pero no dijo nada y condujo hasta su villa, en el extremo sur del complejo. Al ver las aguas azul turquesa, se le ocurrió otra idea para la inauguración.

—Creo que añadiré el buceo a las actividades.

—Muy bien. Plantéate el remo también.

—¿El remo?

—Sakis y Brianna llegarán un par de días antes que los invitados. Las aguas están un poco movidas de vez en cuando, pero quiero remar con Sakis. Ya te diré qué me parece.

–Gracias, me vendrá muy bien.

No quedaba ni rastro del dolor que había visto en el avión. Volvía a ser Arion Pantelides, el magnate de los hoteles de lujo. Se quedó boquiabierta cuando llegaron a la villa y los empleados les preguntaban dónde dejaban los equipajes.

–Yo ocuparé la suite más pequeña y tú, la principal –dijo Ari.

Ella no supo por qué, pero sintió una punzada de decepción. ¿Acaso había creído que dormirían juntos? Nada había cambiado desde el día anterior, aparte de que estaba embarazada por su imprudencia. Sexualmente, la relación había terminado. Aun así, no pudo contener la desolación mientras él se alejaba. Dos empleados se ocuparon de deshacer el equipaje y se puso el único biquini que tenía. Recorrió todas las habitaciones y cuando entró en el solárium se dio cuenta de que en todas había un mismo objeto. Se dio la vuelta cuando entró Ari.

–¿Has puesto un autoinyector de epinefrina en cada cuarto? –le preguntó aunque se le paró el pulso al ver que se había puesto una camiseta blanca y unos pantalones cortos color caqui.

–Sí –contestó él lacónicamente.

–¿Por qué?

Él se detuvo ante las puertas acristaladas que daban a la terraza de teca. Se dio la vuelta y se acercó a ella. Entonces, él le acaricio una mejilla y se le aceleró el pulso.

–Perla, esta vez no voy a correr riesgos contigo y mi hijo –contestó él con una voz tan solemne que le llegó al alma.

–¿Quieres hacerme llorar otra vez?

–Voy a tener que aceptar que las lágrimas son parte del juego –contestó él bajando la mano–. Ven a conocer a Peter, tu cocinero.

—De verdad, no necesito un cocinero personal —replicó ella mientras lo seguía.

—Ya está hecho, *glikia mou*. Tendrás que acostumbrarte.

Estaba intentando descifrar esas palabras cariñosas en griego cuando un hombre vestido de blanco rodeó la mesa donde estaba cortando fruta.

—La fuente de fruta ya está preparada. Para el almuerzo, tengo pollo especiado a la parrilla con ensalada verde. Si necesita algo más, dígamelo.

Ari la llevó a unas tumbonas dobles que había junto a la piscina y el teléfono sonó mientras se sentaban. Ella contuvo el aliento al ver la sonrisa de Ari cuando leyó el mensaje de texto.

—Theo también va a venir. Llegará a finales de semana.

—Estáis muy unidos, ¿verdad? —preguntó ella con envidia.

—Son mi familia. Lo significan todo para mí.

Los ojo se le empañaron de lágrimas otra vez y Ari lo vio.

—Perla...

—Eres muy afortunado. Quiero decir, pasaste una tragedia, desde luego, pero has permanecido unido a tu familia y eso es...

—Es algo que tú no has conocido.

—No.

—Cásate conmigo y lo conocerás —insistió él dejando el móvil a un lado.

La tentación hizo que el corazón albergara alguna esperanza, pero el instinto fue superior.

—No es tan sencillo. No puedo...

—Perla, tenemos que hacer sacrificios por nuestro hijo —la interrumpió él con firmeza.

—¿Qué quieres decir?

–Quiero decir que estamos de acuerdo en que no es la forma ideal, pero tenemos que buscar lo mejor para nuestro hijo. Por mucho que creas que puedes ser la madre soltera ideal, nunca podrá compararse con lo que podemos ofrecerle como una familia unida. Eso es lo más importante.

–Es posible que lo sea para ti, pero no para mí. Creo que es más importante que el niño se críe rodeado de amor.

–¿Crees que no podemos darle eso? –preguntó él con una expresión más dura.

Ella contuvo al aliento mientras Peter les llevaba la fruta y volvía a su mesa.

–Ari, después de lo que los dos hemos pasado...

–Mi pasado no tiene nada que ver con esto.

–Si crees eso, voy a tener que tomarme más tiempo para meditar tu propuesta.

–¿Puede saberse qué estás diciendo, Perla?

–Estoy diciendo que te han hecho mucho daño, como a mí. Tenemos que tener en cuenta hasta qué punto afectara eso a nuestro hijo.

–Quieres que declare mis sentimientos hacia ti antes de que te plantees casarte conmigo.

–No, pero tenemos que superar la amargura y el dolor antes de que podamos pasar página. Aparte, no hemos pasado más de cuarenta y ocho horas juntos.

–Y casi todo el tiempo en la cama. Al menos, sabemos que nos entendemos en el dormitorio.

Ella sintió que le abrasaban rincones del cuerpo en los que no quería pensar en ese momento.

–¿Y eso sirve para algo a la hora de criar a un hijo?

Él la miró de arriba abajo con una sonrisa burlona.

–Te sorprendería lo obediente que puede ser un hombre saciado y satisfecho.

–Efectivamente, no lo sé –replicó ella sonrojándose–. No lo conseguí en mi matrimonio.

–Desperdiciaste tu pasión con el hombre equivocado. Nuestro matrimonio será distinto.

–Entonces... pretendes que nosotros...

–¿Tengamos relaciones sexuales? Sí, Perla. No pienso vivir como un monje.

Tenía la respuesta sobre la parte física del matrimonio, pero no sobre la emocional. ¿Podía plantearse un futuro con él sabiendo que nunca lo tendría sentimentalmente? No. El sexo era maravilloso, pero no sería suficiente a largo plazo. Comió un poco más de fruta y esbozó una sonrisa cuando les retiraron los platos.

–Acordamos concedernos una semana, Ari.

–¿Qué habrá cambiado dentro de una semana? –preguntó él apretando los labios.

–Es posible que te convenza para que me hables un poco más –contestó ella.

–¿Esa terapia será mutua? –preguntó él con los ojos entrecerrados.

Ya le había contado su secreto más humillante, pero ¿podría contarle ese anhelo de ser querida que la había llevado hasta Morgan? Tomó aliento.

–Estoy dispuesta a intentarlo si tú lo intentas, pero tenemos que comprometernos los dos.

–Perla... –dijo él con cierto enojo.

–Acordamos una semana. Solo estoy añadiendo un apéndice. Como mínimo, tienes a tu hijo.

Ari tuvo que hacer un esfuerzo para no exigirle la respuesta inmediatamente. Se ponía más nervioso con cada minuto que pasaba, como si hubiese algo que podía estropear la felicidad que sentía. Perla tenía razón. Nunca había pensado casarse otra vez, pero al despertarse con ella acurrucada junto a él en el avión, había llegado a pensar que quizá tuviera la oportunidad de recuperar lo que había perdido. Había perdido una parte de sí mismo con la muerte de Sofía y su futuro hijo, pero podía formar otra familia, ser al padre que siempre había querido ser, el padre que su propio padre no había sido. Sin embargo, sabía que tenía que ser paciente.

—No tengo mucha paciencia.

Sintió una opresión en el pecho cuando ella sonrió levemente.

—Ya me estoy dando cuenta. Quizá yo debería reconocer que soy bastante tozuda.

Ari miró su pelo y sintió el deseo en las entrañas. Se reconoció que la necesidad de acelerar las cosas se debía a que, una vez casado, no tendría que contener ese deseo que lo torturaba.

—Muy buen. Acepto emplear esa semana para conocernos mejor.

—¿Significa eso que puedo preguntarte lo que quiera? —preguntó ella mientras Peter llevaba el plato principal.

Él había abierto esa puerta y cerrarla solo empeoraría las cosas. Asintió con la cabeza y vio que ella esbozaba una sonrisa pensativa.

—Sin embargo, te advierto de que doy lo que recibo y que a veces hago trampas.

Ella dejó de sonreír y él no pudo contener la risa. Empezó a comer y observó que ella también comía. Estaban terminando la ensalada cuando ella lo miró de soslayo.

—¿Sabe tu hermano que estoy embarazada?

—No. Todavía no se lo he dicho. Me gustaría comunicar tu embarazo y el matrimonio a la vez.

—Mmm... De acuerdo.

—Entonces, ha llegado el momento de que te enseñe todo el complejo —dijo él levantándose con impaciencia—. Luego, podrás empezar a trabajar.

Capítulo 11

LOS días pasaron en un torbellino de actividad y el jueves por la tarde, cuando Sakis y Brianna aterrizaron, ya tenía todo preparado para la llegada de los invitados VIP, el domingo. Esa vez, al revés que cuando se conocieron, Sakis Pantelides sonrió con franqueza, y con curiosidad. Captó el mismo interés en los ojos increíblemente azules de Brianna.

—Ari me ha contado que has hecho una lista de actividades impresionante para la inauguración.

—Él es el que mejor lo sabe. Me ha martirizado con su obsesión por la perfección. Ahora que estás aquí, quizá puedas quitármelo de encima un par de horas.

Brianna se rio y agarró del brazo a su marido.

—Es lo habitual entre los hombres Pantelides. No saben dejarnos solas y confiar en las mujeres.

Su marido le sonrió con indulgencia y con una admiración que hizo que a Perla se le encogiera el corazón y que sintiera una envidia muy profunda.

—Pedirme que te deje sola es como pedir que no salga el sol. Es imposible, *agapita*.

Ella se sonrojó y la pasión que brotó entre ellos hizo que Perla mirara hacia otro lado.

—¿Por cierto, dónde está mi hermano? —le preguntó Sakis.

—Está preparando la piragua para que vayáis a remar esta tarde. Creo que quiere meterse en el agua en cuanto llegue Theo.

No dijo que Ari había estado poniéndose más nervioso a medida que avanzaban los días de la semana. Esa mañana se habían gritado durante el desayuno, hasta que desapareció ordenándole que se tomara las cosas con calma o... ¿Por qué habría llegado a creer que conocerían cosas agradables de cada uno durante esa semana? Hasta el momento, solo había sabido que aunque él decía que se alegraba de que ella siguiera trabajando, no dejaba de vigilarla ni un segundo. Solo tenía que pensar en algo para que se materializara. Las comidas aparecían minutos antes de que tuviera hambre y siempre había alguien cerca con un cochecito de golf, un sombrero de ala ancha o una bebida fría. También estaba claro que estaba dispuesto a que ella dijera «sí» lo antes posible. En cuanto a las miradas ardientes que le dirigía en cuanto la veía... Dejó de pensar en eso y se concentró en los dos pares de ojos que tenía clavados en ella.

–Mmm... un conserje os acompañará a vuestra villa y le diré a Ari que habéis llegado.

Esbozó una sonrisa algo forzada y se alejó. Comprobó la lista por enésima vez, se montó en su todoterreno y fue a su villa. Ari estaba hablando por teléfono cuando entró en la sala. Se acercó a ella y le acarició el pelo, que llevaba suelto. Había empezado a llevarlo recogido en un moño, pero Ari se lo soltaba en cuanto podía y ya había tirado la toalla. Ella no entendió la conversación porque era en griego, pero tampoco la habría entendido aunque fuese en inglés porque sus caricias hacían que se emocionara profundamente. Todos los días, desde que llegaron allí, alteraba sus sentidos así, la tocaba en cuanto estaba a un metro y le acariciaba el vientre con un gesto posesivo que la desarbolaba. Eso, cuando no le gritaba... Decir que el tiempo que habían pasado juntos era como una montaña rusa era decir muy poco. Terminó la conversación mientras le pasaba el pulgar por la boca.

—¿Estabas buscándome? —murmuró él.

—Sí. Tu hermano y Brianna han llegado.

—Lo sé. Sakis me llamó hace diez minutos —acercó más la cabeza—. Quiere ir a remar inmediatamente y he pedido que lleven el material al agua.

La besó en los labios y ella intentó apartarse.

—Ari... no...

—Me he portado como un bárbaro toda la semana. Déjame que me disculpe.

Ella contuvo la respiración cuando la besó con más fuerza. El gemido de los dos retumbó en la habitación y se abrazaron hasta que pudo notar la solidez granítica de su pecho y el contorno, más duro todavía, de su erección en el abdomen. El deseo que se adueñó de ella hizo que introdujera las manos entre su pelo. Él dejó escapar un gruñido, la tomó en brazos y la llevó al sofá sin dejar de besarla. Estaba besándole el cuello cuando recuperó el juicio.

—¡No! ¡Para!

Él levantó la cabeza con el deseo y la frustración reflejados en los ojos.

—¿Por qué? —preguntó con la voz ronca.

—No podemos... No puedes utilizar el sexo para disculparte. Basta con que digas que lo sientes.

—Eres ingenua, ¿verdad? —preguntó él con una sonrisa seria.

—Es posible, pero también sé que el sexo puede confundir las cosas. Has estado gruñón porque no conseguías lo que querías. Con el sexo tampoco vas a conseguirlo.

—Pero me sentiré mucho mejor. Puedes negarlo si quieres, pero tú también te sentirás mejor.

Ella no podía negarlo, pero tampoco iba a reconocerlo. Se sentó y se alisó la ropa. El vaporoso vestido negro no era el más indicado para el trópico, pero todo lo que había llevado era negro.

—Además, no podemos. Tenemos invitados que exigen nuestra atención, pero no creas que no me he dado cuenta de que cada vez que intento que me hables, como acordamos, encuentras algo para tenerme ocupada.

–Pretendes que un hombre que ha ocultado sus pensamientos más íntimos durante toda su vida abra su corazón, *glikia mou* –Ari se puso rígido y se levantó–. No es tan fácil como apretar el botón de una máquina para que se ponga en marcha –añadió él con dolor por los recuerdos.

A ella se le encogió el corazón, pero, en el fondo, había empezado a esperar que esa fuese la manera de avanzar para construir una base sólida para su hijo.

–Lo sé, pero tenemos que intentarlo por muy difícil que sea, Ari.

Él asintió con la cabeza, tomo aire y le tendió una mano.

–Lo intentaremos antes de que nos marchemos de aquí. Ahora, puedes venir a ver cómo remo para sofocar mi frustración sexual. Esa será tu diversión de esta tarde.

Dejó que él la ayudara a levantarse y algo de su nerviosismo se disipó. Pensó si Ari y ella podrían conseguir que el matrimonio saliera bien a pesar de todo lo que llevaban encima. Ari parecía creer que era posible y eso había limado su escepticismo a medida que avanzaba la semana. La había mimado desde que supo que estaba embarazada y ella no dudaba que sería un padre firme y entregado. Una entrega que quizá se extendiera a ella con el tiempo. Morgan había destruido sus creencias, pero durante las últimas semanas había comprobado que no había acabado completamente con la confianza en sí misma y eso hacía que quisiera lo mejor para su hijo y para sí misma. Con Ari, por lo menos sabía qué podía esperar. Su pasado podría impedirle que la quisiera de verdad y, por eso, de lo único que tenía que estar segura era de que podría vivir sin ese amor que había anhelado siempre.

«Antes de que nos marchemos de aquí...» Dejó de lado el nerviosismo que le quedaba y se montó en el cochecito eléctrico que los llevaría a la orilla. El menor de los Pantelides ya estaba allí cuando llegaron. Theo era tan alto como Ari, aunque con las espaldas más anchas, y tenía el mismo pelo negro, pero sin canas en la sienes. Sus ojos eran de un tono algo más claro que los de Ari y la miraron con la misma curiosidad que había mostrado Sakis.

—Por fin conozco a la mujer que ha conmocionado los cimientos de Pantelides Inc.

—Theo... —gruñó Ari en tono de advertencia.

Theo sonrió y tendió un puño cerrado hacia Perla. Ella esbozó una sonrisa y chocó los nudillos con los de él.

—Ya era hora de que alguien lo sacara de la apatía —añadió Theo guiñando un ojo.

Sakis se rio y Brianna sonrió, pero Ari entrecerró los ojos con gesto serio.

—Si estás preparado para que te dé una paliza, dímelo y lo haré encantado —dijo Ari entre dientes.

—Cuando quieras, vejestorio.

Ari apretó más los dientes, pero lo agarró del hombro con tanto cariño que a Perla se le formó un nudo en la garganta. Desapareció en el cobertizo que habían construido para las embarcaciones y reapareció al cabo de unos minutos con una vestimenta para remar, de un dorado oscuro, que se le ceñía al cuerpo. Ella intentó no mirar a ese ejemplar perfecto que era Ari Pantelides, pero cuando levantó el extremo de la piragua y la subió a los hombros, tuvo que hacer un esfuerzo para que el aire le entrara en los pulmones. Miró hacia otro lado por mero instinto de supervivencia, pero volvió a mirarlo inmediatamente.

—No intentes evitarlo. Naturalmente, creo que Sakis es el más guapo de los tres, pero hasta a mí me cuesta respirar cuando los veo juntos —comentó Brianna.

Sonrió ante la risa sofocada de Perla, se abanicó y se

acercó a un banco para ver cómo dejaban la piragua en el agua y se montaban. Sakis se sentó en el asiento delantero, Theo en el intermedio y Ari en el último. Metieron los remos en el agua, aspiraron y espiraron tres veces y se alejaron de la orilla con una sincronización impecable.

—¡Caray! —exclamó Perla.

—Sí, ¿verdad? Los he visto remar muchas veces, pero no me acostumbro a esa perfección.

Perla volvió a sentir esa punzada de envidia, pero no pudo evitar preguntarse si esa sería la vida de su hijo si aceptaba casarse con Ari. Su hijo, y ella, podrían formar parte de esa... cohesión. No tendría que verla desde fuera, como había hecho toda su vida.

Los miró sin apartar los ojos de Ari, quien tenía una sonrisa a pesar de la firmeza de su mirada.

—Ari parece distinto.

Perla dio un respingo, miró a Brianna y se encontró con esos penetrantes ojos azules.

—¿De verdad...?

—Sí. En el entierro parecía dispuesto a machacarle la cabeza a cualquiera. Hoy parece que Theo es el único que corre peligro, pero eso es lo más habitual.

—¿Y crees que yo tengo algo que ver?

—Desde luego. Tú y... eso, creo.

Vio que miraba la mano que tenía sobre el vientre. La apartó precipitadamente, pero Brianna ya le había sonreído con comprensión.

—Yo... Nadie lo sabe —dijo ella atropelladamente.

—No te preocupes, tu secreto está a salvo conmigo —Brianna se llevó una mano al vientre—. Yo también tengo un secreto. Aunque me temo que no será secreto durante mucho tiempo. Sakis está deseando contárselo a todo el mundo, pero supongo que empezará por sus hermanos.

—Enhorabuena. ¿Cómo te sientes? —le preguntó sin poder evitarlo.

—¿Sinceramente? Aterrada. No tuve la mejor de las infancias y no tengo un modelo en el que apoyarme. Sakis me dice que seré un madre fantástica, pero creo que es demasiado parcial —esbozó una sonrisa ligeramente angustiada aunque rebosante de amor—. ¿Y tú?

—La verdad es que entre el empeño de Ari para que me case con él y el trabajo que tengo, no me ha dado tiempo para tener miedo, pero...

—¿Ari te ha pedido que te cases con él? —la interrumpió Brianna con los ojos como platos—. ¡Eso es increíble! Supongo que te habrá contado lo que le pasó a su esposa.

—Sí.

—Le habrá costado tomar esa decisión.

—Solo quiere casarse por el hijo.

—No lo creo. No quiero asustarte, pero uno de cada cuatro embarazos se malogra. Si solo lo hiciera por la respetabilidad de su hijo, habría esperado a que hubiese nacido.

Perla negó con la cabeza y no quiso sentir la más mínima esperanza.

—Aparte del bebé, no hay nada entre nosotros.

—Sí hay algo. Una sintonía increíble. No desdeñes el poder del sexo maravilloso.

—Es lo mismo que dijo él —dijo Perla antes de sonrojarse por el desliz.

—Ya sabía que había un libidinoso debajo de esa apariencia tan refinada —Brianna se rio—. Vamos a recibir a los chicos antes de que empiece a preguntarte detalles que no son de mi incumbencia.

Se levantó de un salto y se acercó a la orilla. Perla la siguió más despacio y llegó cuando los hermanos se abrazaban por la noticia del embarazo de Brianna. Ari la miró mientras Sakis besaba a su mujer. Bajó la mirada a su vientre, pero no dijo nada y ayudó a sus hermanos a llevar la piragua al cobertizo antes de montarse en los cochecitos que los llevarían a las villas.

La cena se convirtió en una celebración que hizo que Perla se diese cuenta de lo que se perdería si rechazaba la propuesta de Ari. No dejó de mirarla durante toda la velada con un propósito muy claro. Cuando se excusó y volvió a su suite, su cabeza era un torbellino. Un torbellino que le duró tres días, aunque, afortunadamente, no tuvo tiempo para pensar.

Todo fue un frenesí en cuanto llegó el primer todoterreno con invitados. No vio casi a Ari porque estaba ocupándose de los invitados en el casino mientras ella organizaba las actividades que les había preparado. Era el último día y estaba formando grupos de invitados con sus instructores de paracaidismo cuando oyó una voz conocida. Levantó la cabeza y vio a Selena Hamilton que se dirigía hacia ella. Se quedó boquiabierta antes de que pudiera evitarlo.

–¿Qué te parece? –le preguntó Selena acariciándose los rizos color caoba.

–Estás muy bien –contestó ella con una sonrisa forzada.

–Me alegro que te lo parezca. Roger cree que estoy espantosa. Qué sabrá él, ¿verdad?

Selena se rio, pero la risa no se reflejó en sus ojos demasiado brillantes. Roger Hamilton llegó en ese momento y, sin hacer caso a su esposa, dio un beso en cada mejilla a Perla.

–¡Apúntame a lo que estés organizando, cariño! Soy todo tuyo.

Ari entró detrás de él y se quedó petrificado. Su mirada sombría hizo que se le parara el pulso, pero consiguió mantener la sonrisa mientras él iba hasta donde estaba ella. Al ver la mirada que le dirigió a Roger, Perla lo miró con el ceño fruncido y sacudió la cabeza. Él, con los dientes apretados, intercambió algunos cumplidos hasta que el instructor los llamó para que se cambiaran de ropa. Entonces, Ari la agarró de la nuca y le inclinó la cabeza hacia atrás para que recibiera el beso. Fue un beso intenso y fugaz.

—Ocúpate de Hamilton, *glikia mou*, o me ocuparé yo —le advirtió antes de marcharse.

Perla dejó escapar un suspiro de alivio y se dio la vuelta justo cuando Selena volvía a su lado.

—Creo que Roger va a dejarme —susurró Selena agarrándola del brazo.

—¿Estás segura?

—Sí. Creo que tiene una aventura —contestó Selena asintiendo vehementemente con la cabeza.

—Podrías estar equivocada...

—¿Y si no lo estoy? No podría vivir sin él. Es todo lo que siempre he querido y noto que se aleja de mí —replicó Selena con lágrimas en los ojos.

—Selena, creo que no deberías saltar en paracaídas si te sientes así.

Ella se secó los ojos con la mano perfectamente arreglada.

—Bobadas, Roger quiere saltar en paracaídas y yo lo acompañaré.

Sin embargo, Perla miró a Roger, quien estaba coqueteando con una instructora, y comprendió que a él no le importaba lo que quisiera su esposa. Volvió a mirar a Selena con preocupación. Sus ojos indicaban que la desdicha no era lo único que la afectaba, pero no sabía cómo preguntárselo sin ofenderla. Acompañó a los invitados a las furgonetas que los llevarían al aeródromo y se montó en una.

—¿Puede saberse dónde está? —preguntó Ari por quinta vez.

El director de conserjería, pálido, volvió a tomar el teléfono.

—Lo siento, señor, pero creemos que ha podido acompañar a los invitados a una actividad.

—¿Creéis? Intenta llamarla al teléfono otra vez.

El director obedeció, pero cuando sacudió la cabeza, Ari tuvo que hacer un esfuerzo para no dar un puñetazo en el mostrador.

—¿Ya estás mareando a los empleados? —le preguntó una voz desde detrás de él.

—Ahora, no, Sakis.

—¿Por qué? ¿Qué pasa?

—Estoy intentando encontrar a Perla. Nadie la ha visto desde hace una hora.

—¿Y eso te preocupa?

—Debería estar en la villa para almorzar —contestó Ari con los labios fruncidos.

Entonces, el subdirector llegó apresuradamente y Ari levantó la cabeza.

—Señor Pantelides, uno de los conductores acaba de decirme que la señora Lowell ha acompañado a los invitados que van a saltar en paracaídas.

—¿Qué? —preguntó Ari sin poder asimilar la información.

No pudo oír la respuesta por los latidos que le retumbaban en los oídos y tampoco se resistió cuando lo agarraron de un brazo y lo llevaron por un pasillo. Oyó que se cerraba una puerta segundos antes de que Sakis lo sentara en un asiento.

—¿Puede saberse qué está pasando, Ari?

Él se pasó lo dedos por el pelo e intentó no dejarse llevar por el terror.

—Seguramente no sea nada. Ella no ha podido ir a saltar en paracaídas.

—Es lo que ha dicho tu empleado...

—Pero... No puede...

—¿Por qué? ¿No está capacitada?

—Sakis, está embarazada.

Su hermano se quedó boquiabierto y pálido. Los dos se abalanzaron sobre el teléfono que había en la mesa, pero Ari fue más rápido.

—Necesito que el conductor más veloz que haya se presente en la puerta dentro de diez segundos.

Sakis abrió la puerta y se encontraron con Theo en el pasillo, pero bastó una mirada de Ari para que se tragara cualquier ocurrencia que pensara decir y los acompañó en silencio.

El trayecto hasta el aeródromo fue el más largo en la vida de Ari. No podía evitar imaginarse las situaciones más espantosas ni dejar de pasarse los dedos temblorosos por el pelo. Empezaron a ver paracaídas de colores a medida que se acercaban a la zona asignada para que aterrizaran.

Ari se bajó del todoterreno antes de que se parara y oyó a sus hermanos que corrían detrás. Con el pulso desbocado, miró los ochos paracaidistas y comprobó que Perla no era ninguna de ellos.

—Ari...

Se dio media vuelta y vio que ella se bajaba de una de las furgonetas con Selena Hamilton pisándole los talones. El alivio se mezcló con una furia incontenible. Salió corriendo hacia la furgoneta y esa vez no oyó pasos detrás. Se paró delante de Perla, quien fue a hablar.

—No digas ni una palabra.

Ella se quedó boquiabierta, él la tomó en brazos y la llevó hasta el todoterreno.

—Fuera.

El conductor se bajó de un salto y le entregó las llaves. La sentó en el asiento del acompañante, le puso el cinturón de seguridad, se montó y cerró la puerta olvidándose de sus hermanos. Encendió el motor y se marchó del aeródromo. Tardó menos de diez minutos en llegar a la villa. Esa vez no la ayudó a bajarse y entró en la casa para buscar al mayordomo.

–Quiero que los empleados y tú os toméis un descanso y que no volváis hasta que os lo diga.

Volvió a la sala y vio que los empleados salían precipitadamente. Perla estaba en el pasillo pálida y mordiéndose el labio inferior con preocupación.

–Ari, por favor, estás asustándome.

–¿Estoy asustándote? –preguntó él tirando las llaves del coche contra una pared.

–¿No podríamos hablar con coherencia y dejar de gritar? –preguntó ella con las cejas arqueadas.

–Te marchaste del complejo sin decírselo a nadie, sin decírmelo a mí. ¡Creía que habías ido a saltar en paracaídas!

–¿De verdad? –ella empezó a reírse–. ¿Por qué iba a haberlo hecho? Además, te mandé un mensaje para decirte que creía que Selena Hamilton no podía quedarse sola. Creo que ha podido tomar algo. Afortunadamente, conseguí disuadirla de que saltara en...

–No recibí el mensaje y te olvidas de algo.

–¿De qué? ¿De que tengo que informarte de cada paso que doy? Además, te alegrarás saber que, aparte de evitar que su esposa diera un salto que podría haber sido fatal, le avisé a Roger Hamilton de que, si volvía a mirarme el escote, le arrancaría los ojos. Naturalmente, fui muy diplomática –añadió ella con una sonrisa–. ¿Hay algo más que quieras saber?

Ari no podía creérselo. Había estado aterrado y ella estaba leyéndole la cartilla.

–¿Lo dices en serio?

Perla se acercó hasta que pudo olerla y él se pasó los dedos entre el pelo mientras ella ladeaba la cabeza y lo miraba fijamente.

—Ari, estás exagerando muchísimo. No puedes protegerme de esa manera durante el embarazo. Sé lo que significa este hijo para ti, pero no voy a estar entre algodones hasta que nazca.

Él se dio la vuelta y fue hasta la ventana.

—¿Crees que estoy preocupado solo por el bebé?

—Sé sincero. ¿Estarías tan alterado si hubiese subido a ese avión sin estar embarazada?

Él abrió la boca, pero no pudo decir nada porque estaba dándose cuenta de algo tan abrumador que no tenía sentido, llevaba toda la semana dándose cuenta.

—Perla...

—¿Sabes lo que estaba pensando cuando estaba en la furgoneta?

Él negó con la cabeza.

—Empecé a pensar que quizá debería estar agradecida. Mi primer marido era inalcanzable física y emocionalmente, pero podría conseguir otro alcanzable físicamente e inalcanzable emocionalmente. Quizá, si no saliera bien, a la tercera podría ser la vencida.

—No habrá un tercero. Si te casas conmigo, te quedarás conmigo toda la vida.

—No nos precipitemos. Lo que no he dicho es que un marido inalcanzable emocionalmente nunca me serviría. Estoy aprendiendo muy deprisa que soy una chica... integral. No pienso arriesgar mi felicidad con un hombre que no va a abrirse a mí aunque sea un poco.

Él se quedó inmóvil y sin respiración mientras ella lo miraba desafiantemente. Abrió la boca, pero no brotaron las palabras. Sacudió la cabeza y se maldijo por ser tan necio cuando vio el dolor reflejado en el rostro de ella.

—También podrías tener suerte. Ya que estás empeñado en demostrarme lo inútil que soy para cuidar de mí misma, quizá me muera y te ahorre el problema.

Perla oyó que se le escapaban las palabras de la boca

y se quedó atónita. Ari se quedó pálido y se tambaleó. El espanto se adueñó de ella por haber sido tan insensible.

—¡Dios mío, lo siento! —intentó acercarse a él, pero la detuvo con una mano extendida—. Arion, no quería decir eso...

Él bajó la mano y la miró como si fuese un monstruo mientras retrocedía un paso.

—Lo siento —repitió ella con el corazón en un puño—. Di algo, por favor.

—Vete.

—No. Ari, por favor...

Él se abalanzó y la besó con aspereza y dolor, pero devastadoramente. Sin embargo, no duró más de diez segundos antes de que la apartara y se marchara de la habitación. Ella se negó a derramar otra lágrima, fue a su dormitorio, se tumbó en la cama e intentó entender lo que había pasado. El dolor la había llevado a golpear a Ari donde más podía dolerle. Se había excedido y tenía que arreglarlo. Se levantó, se alisó el vestido y salió de la habitación.

Lo encontró en su despacho con la espalda rígida, los puños cerrados y mirando al mar.

—Ari, tenemos que hablar.

Él no se dio la vuelta, pero tampoco la expulsó y ella entró en la habitación.

—Los dos lo hemos pasado mal y nuestro pasado siempre estará presente. Estabas cuidándome de la única manera que sabes. No debería haber dicho lo que dije.

—¿Quieres saber mi pasado? ¿Quieres que te hable de Sofía? —preguntó él dándose la vuelta.

Ella asintió con la cabeza y con un nudo en la garganta.

—Mi padre luchó durante años para evitar la cárcel. Utilizó abogados para intentar escapar de la justicia, pero las autoridades fueron igual de perseverantes. La economía estaba por los suelos y él había estado enriqueciéndose ilícitamente. Querían que sirviera de ejemplo. Cuando yo creía que ya había terminado, se añadía otra acusación a la lista y el circo empezaba otra vez. Los únicos que me importaban eran mi madre y mis hermanos, pero ni yo podía protegerlos de la crueldad de la prensa y de los que se habían llamado amigos. Entonces, lo condenaron. Por fin, creí que podría conseguir que mi familia descansara, pero se fue antes de que pudiéramos respirar.

–¿Qué quieres decir? –preguntó ella con el ceño fruncido.

–Murió en la cárcel a los pocos meses de la condena a treinta y cinco años.

–¿Cómo?

–Contrajo una neumonía y se negó a que se la trataran. Después del revuelo que había organizado, murió casi sin quejarse –añadió él con una risa amarga.

–¿Y te sentiste engañado?

–Más que engañado. Quise buscarlo en la otra vida para estrangularlo. Estaba cayendo en picado cuando conocí a Sofía. Ella... me salvó.

Perla se quedó sin respiración y él la miró con los ojos velados por el dolor.

–Ella me sacó de la desesperación y la rabia y yo la recompensé no haciendo caso de los indicios de peligro.

–Ella sabría el peligro que tenía quedarse embarazada con un corazón débil.

–Lo sabía, pero estaba convencida de que sobreviviría. Era una optimista incorregible.

–Ari, no puedes seguir reprochándote lo que le pasó a Sofía. Le diste la asistencia médica que necesitaba y ella eligió. El resultado fue desdichado, pero...

–Podría haber insistido. Podría...

–¿Haberle dado órdenes como intentas hacer conmigo?

Él se quedó pálido y miró hacia otro lado.

—No puedes controlarlo todo, Ari. Algunas veces tienes que dejar que las cosas sigan su curso.

—¿Es lo que quieres que haga contigo? ¿Quieres que te deje hasta que ocurra algo imperdonable?

—Das por supuesto que eres el único que se preocupa por la seguridad de este bebé. Yo lo deseo más que a nada en el mundo, pero para que tenga lo que necesita, nosotros tenemos que dejar el pasado atrás y pasar página. El pasado no puede dictar nuestras vidas.

—Pasar página... ¿Así de sencillo? —preguntó él con los dientes apretados.

—No. Sé que es complicado, pero estoy dispuesta a intentarlo.

—¿Estás dispuesta a intentarlo cuando estás embarazada de mi hijo y no dejas de ponerte ropa negra como si estuvieras en un entierro?

Atónita, se miró. No se le había pasado por la cabeza que su guardarropa negro pudiera estar mandando un mensaje concreto.

—Pasar página no es tan fácil, ¿verdad, Perla? Háblame de pasar página cuando hayas cambiado el color de tu ropa —añadió él con una delicadeza cortante como una cuchilla.

—Yo no elegí la ropa. Me diste poco más de un día para que me reuniera contigo en Miami cuando empecé este empleo. La estilista conocía mi historia y dio por supuesto que quería vestir de negro porque era viuda. Además, nunca pensé que pudiera ser algo importante.

—Lo es —insistió él apretando los dientes.

—Solo es ropa, Ari. Lo importante del asunto es que quiero amor. Lo quería cuando me casé con Morgan y lo quiero ahora.

—¿Por qué seguiste casada con él cuando descubriste que era gay?

A ella se le heló la sangre.

—La noche de bodas me contó que se había casado conmigo porque no quería que nadie lo descubriera. Sobre todo, sus padres. Ellos lo adoraban, pero él sabía que no aceptarían su orientación sexual, y también sabía cuánto los quería yo. Le había hablado de mi infancia y de las casas de adopción y él... me dijo que todavía podría tener una familia siempre que...

—Mantuvieras el secreto —terminó él con acritud.

—Sí. Le rogué que lo reconociera. Las navidades pasadas llegué a creer que lo había convencido.

—¿Por qué? —preguntó él entrecerrando los ojos.

—Me dijo que estaba pensando decírselo a sus padres, que solo tenía que arreglar unas cosas antes. Seguramente, estaba planeando algo distinto.

—¿Algo como qué?

—No lo sé. Quizá estuviera pensando emigrar a Tombuctú o algo así. Aceptó el soborno para encallar el petrolero de Sakis. Fuera lo que fuese, tenía que compensarle el riesgo.

Él se acercó hasta que se quedó delante de ella. Todavía tenía los ojos velados, pero el dolor se había mitigado.

—Se aprovechó de tu bondad y de tu pasado. El malnacido no te merecía, lo sabes, ¿verdad?

—Lo sé, pero sigo teniendo la necesidad de sentirme amada, Ari. Sin embargo, sé que no puedes darme eso, ¿verdad?

Él miró hacia otro lado y ella intentó no hacer caso a la punzada de dolor en el corazón.

—Te dije que tomaría una decisión cuando hubiésemos hablado —siguió ella.

—¿La has tomado? —le preguntó él mirándola otra vez con tensión.

—Sí, me casaré contigo —contestó ella a pesar de lo que le decía el instinto de supervivencia.

–¿De verdad?

–Sí. Puedo elegir entre vivir en una fantasía donde me dan todo lo que quiero en bandeja de plata o vivir en el mundo real con el bebé y la familia que siempre he anhelado.

Él la agarró de la barbilla y le levantó la cabeza para mirarla a los ojos.

–Te casarás conmigo. ¿Estás segura? –le preguntó él mirándola con una intensidad abrasadora.

–Estoy segura –contestó ella tragando saliva.

–Me ocuparé de organizarlo –dijo él dirigiéndose hacia la puerta.

–Ari.

–¿Qué? –preguntó él mirándola por encima del hombro.

–En cuanto a lo que dije antes...

–Olvídalo. Tenemos que ocuparnos de cosas más importantes.

Ari se marchó sin decir nada más y ella fue hasta el ventanal derramando las lágrimas que había estado conteniendo. Le había dado la respuesta que él había estado pidiendo, pero se sentía como si estuviera cayendo por una cuesta que acababa en el fracaso y el desengaño. Para bien o para mal, había tomado esa decisión por el bebé y por ella. Tendría que acostumbrarse.

Tres aviones de Pantelides despegaron de Bermudas al día siguiente y se dirigieron hacia la isla privada de Ari en la costa de Santorini. Esa mañana, durante el desayuno, había comunicado que se casarían allí dos días después. Brianna recibió la noticia con alegría, pero los dos hermanos fueron menos expresivos. Que ninguno pareciera sorprendido le indicó que sabían por qué había salido corriendo al aeródromo el día anterior.

Perla aprovechó la primera ocasión para escapar al dormitorio del avión. Ari estaba hablando por teléfono para organizarlo todo. Paradójicamente, ella era una organizadora de eventos que no podía opinar sobre su propia boda. Ni siquiera sabía si sería una ceremonia por todo lo alto o solo asistirían el sacerdote y los hermanos de Ari como testigos.

Se quedó dormida y cuando despertó, vio que Ari estaba a su lado. Estaba muy despierto y la miraba con una expresión que la dejó sin aliento. Le tomó la cara entre las manos antes de que pudiera hablar y la besó profundamente. La alegría se adueñó de ella.

—Arion...

Él, en silencio, se levantó de la cama y empezó a desvestirse. Lo observó hipnotizada por su belleza y el deseo que veía en sus ojos, solo comparable al que ella sentía en el corazón. Se estremeció cuando se tumbó a su lado desnudo, erecto y mirándola fijamente.

—¿De verdad crees que podemos pasar la página del pasado? —le preguntó en un susurro.

—Podemos intentarlo con todas nuestras fuerzas. Brianna me contó que ella tampoco tuvo una infancia fácil.

—Es verdad.

—Y no creo que Sakis se librara de la devastación de tu familia, pero parecen muy felices.

Él siguió mirándola con un brillo en los ojos que le alteró el pulso. No dijo nada cuando él le bajó la cremallera del vestido gris que se había comprado esa mañana en la tienda del hotel y se lo quitó. Las bragas y el sujetador fueron detrás. Luego, le soltó el pelo y lo extendió por la almohada. La besó en la boca, el cuello y los pechos y bajó hasta llegar al centro de su ser. Cada beso y cada caricia la estremecían entre gemidos y tuvo que contener las lágrimas. La arrastró a un clímax deslumbrante solo con la boca y volvió subir besándola por todo el cuerpo.

—Retira lo que dijiste sobre morirte —le ordenó él con la voz ronca por el dolor.

Ella apoyó una mano en su pecho y pudo notar los latidos acelerados de su corazón.

—Lo retiro. Nunca debí haberlo dicho.

Entró en ella con un gruñido que retumbó en toda la habitación. Cada acometida le llenaba el corazón con unos sentimientos que no se atrevía a expresar, que siempre había soñado decirle a una persona especial. Se mordió la lengua porque sabía que no serían bien recibidos.

Él le levantó las rodillas para entrar más profundamente.

—¡Arion! —exclamó ella en éxtasis.

El sonido de su nombre dicho por ella lo arrasó. Arrastrado por la pasión, alcanzó el clímax con un gruñido atormentado que le salió del alma. Tardó varios minutos en recuperar el pulso normal y cuando Perla creyó que se había quedado dormido, se volvió hacia ella.

—Es posible que no nos amemos, pero prometo cuidarte y quererte. Además, te garantizo esto todas las noches, todos los días, durante el resto de nuestras vidas.

¿Sería suficiente? Daba igual porque ya era demasiado tarde. Sabía con toda certeza que estaba enamorada de Arion Pantelides.

Capítulo 12

SANTORINI era tan mágica como recordaba, aunque la viera desde el inmenso yate de Ari, que estaba fondeado a media milla de Fira, la capital. Él la había llevado directamente al yate en vez de pasar el día previo a la boda en la villa. Naturalmente, estaba rodeada de lujo, pero no dejaba de tener la sensación de que no era digna de la casa familiar. Tampoco ayudó que Brianna estuviese todo el rato haciéndole compañía para animarla ni que esa mañana hubiese aparecido otra estilista con un montón de ropa muy exclusiva y de colores. Ella, en un arrebato de rabia, la había expulsado. Era perfectamente capaz elegir su ropa. Salió de su camarote y fue hasta el de Brianna.

—Iba a ir a buscarte —comentó su amiga con una sonrisa—. Ah, creía que estabas vistiéndote —añadió al ver la bata de seda de Perla.

—Iba a hacerlo, pero todo lo que tengo en el armario es negro. ¿No me prestarías algo?

Brianna sonrió más y retrocedió un paso.

—Claro, elige lo que quieras. Y zapatos también si quieres. Creo que tenemos la misma talla.

Perla fue al vestidor y se quedó boquiabierta por la cantidad de ropa de marca.

—Sí, es algo a lo que tendrás que acostumbrarte. Yo también expulsé a mi estilista varias veces al principio, hasta que me di cuenta de que era retrasar lo inevitable. Nuestras vidas están demasiado ocupadas para ir de compras improvisadamente y todo empeorará cuando hayan nacido los bebés, sobre todo, si quieres seguir trabajando.

–No sabía que pasaría eso. No sé dónde vamos a vivir ni si vamos a vivir juntos porque Ari ha decidido no comentarlo conmigo.

Las lágrimas se le amontonaron en la garganta, se dio la vuelta para no ver la expresión de preocupación de Brianna y sacó lo primero que vio, un vestido naranja sin botones ni cremallera.

–Este.

–Es perfecto para ir de compras –comentó Brianna.

–¿De compras? –preguntó Perla atónita.

–Vas a casarte mañana. Lo mínimo que puedes hacer es invertir en lencería que lo deje obnubilado. Una mujer nunca tiene demasiadas armas en su arsenal.

–Eso depende de para lo que esté luchando.

Perla se quitó la bata y se puso el vestido por la cabeza. El color la animó un poco.

–No te des por vencida tan fácilmente, Perla. Has llegado demasiado lejos. Si quieres conseguir a Ari, haz que te preste atención. Algunas veces, es la única manera de vencer a hombres tan obstinados –Perla tuvo que admirar su expresión de firmeza–. ¿Preparada?

Ella se miró al espejo y arrugó los labios.

–Casi.

Volvió corriendo a su camarote y rebuscó en el bolso hasta que encontró el pintalabios carmesí que se puso la noche que conoció a Ari. Lo destapó y se pintó los labios con descaro. Brianna estaba esperándola en cubierta y sonrió con los ojos como platos.

–Ahora sí que estás preparada. Vamos.

Las tiendas no eran especialmente sofisticadas, pero tenían un poco de todo. Se compró dos vestidos vaporosos, uno verde y otro amarillo, y un par de sandalias de tacón bajo. Aunque intentó resistirse, Brianna acabó llevándola a una tienda de ropa para novias con la intención de que se comprara lencería. Sin embargo, se quedó maravillada cuando vio un vestido color crema, como de una diosa griega, y que podía servir como vestido de noche o de novia. No tenía mangas, era liso por delante y sería fresco para el calor de Santorini, pero lo que le dejó sin respiración fue la espalda. Era de encaje hasta la cintura, donde se le ceñía a las caderas y llegaba hasta el suelo con una pequeña cola.

–¡Caray! Estarás maravillosa con ese vestido y el pelo recogido. Siempre que quieras estar maravillosa el día de tu boda, claro –bromeó Brianna.

Perla, a pesar de la indecisión, acabó comprándose el vestido.

–¿Podemos marcharnos ya?

–Una parada más.

Dos puertas más abajo entraron en la tienda más singular que había visto. Estaba llena de velas de todas las formas y olores y varillas de incienso encendido.

–Sakis dice que es mi tienda para los hechizos. Suelo conseguir lo que quiero si enciendo unas velas en ciertas noches.

Perla esbozó una sonrisa forzada, pero la tristeza se adueñó de ella. Dejó que Brianna eligiera y recorrió la tienda hasta que se topó con una mujer de treinta y pocos años que la miró con hostilidad y soltó una retahíla de palabras en griego. Ella se encogió de hombros y sacudió la cabeza. Brianna se dio la vuelta con el ceño fruncido, pero la mujer siguió hablando con furia.

–Lo siento, pero no entiendo.

Brianna se acercó apresuradamente y le agarró la mano.

–Vámonos.

–¿Qué está diciendo?

–Da igual –contestó Brianna saliendo de la tienda.

–No da igual. Sabes lo que ha dicho.

–No sé tanto griego –replicó Brianna aunque Perla captó su expresión de remordimiento.

–Sin embargo, has entendido lo suficiente –Perla se paró en seco en la acera–. Dímelo, por favor.

–Toda la isla sabe que Ari va a casarse otra vez. Sofía era de una familia muy grande de Santorini. Creo que esa mujer era su prima. Saben que va a casarse con una pelirroja y supongo que ha creído que eres tú.

–Ha acertado. ¿Qué ha dicho exactamente?

–Creo que ha dicho... –Brianna hizo una mueca de disgusto–. Si me equivoco y Ari se entera, ni Sakis podrá salvarme.

–¿Qué ha dicho? –insistió Perla con la sangre helada.

–Ha dicho que el amor de Ari y Sofía era el amor del siglo, que Ari nunca te amará como la amó a ella.

El sollozo que le brotó del alma le hizo añicos el corazón. Brianna se quedó pálida y quiso tomarle la mano, pero ella la apartó.

–Si lo hubiese entendido, podría haberle ahorrado la molestia. Ya sé que Ari no me ama y nunca me amará.

–Tienes que venir inmediatamente.

–¿Qué pasa? –preguntó Ari asustado por el tono de Sakis–. ¿Le pasa algo a Perla?

–Sí, está bien físicamente, pero pasó algo cuando salió con Brianna. Ven enseguida.

Ari cortó la llamada y miró el bullicio de carpinteros y decoradores que preparaban el escenario de lo que la mayoría de las parejas consideraría el día más importante de sus vidas. Sin embargo, él sabía en el fondo que el día más importante de su vida sucedió cuando creía que estaba tan trastornado por el dolor y el remordimiento que no podía hacer nada. Incluso cuando levantó la mirada de su bebida en Macdonald Hall y su mundo dio un vuelco, se negó a reconocer lo importante que era. «Está bien físicamente...», se dijo entonces a sí mismo.

Agarró la chaqueta y salió corriendo hacia la puerta de la villa. Todos los días habían sido importantes desde que conoció a Perla Lowell, pero había tenido demasiado miedo para reconocérselo. Ya era hora de ser tan valiente como había sido ella, ya era hora de ocuparse, emocionalmente, de lo más preciado que tenía en la vida.

Llegó al yate en un tiempo récord y bajó sudoroso a su camarote. Intentó girar el pomo de la puerta, pero no pudo. Contuvo un improperio y se tragó el miedo que le atenazaba la garganta.

–Perla, abre la puerta.

–No –replicó ella sin poder disimular el dolor.

–*Glikia mou*, abre la puerta. No voy a ir a ningún lado sin ti.

–Vuelve a la isla a la que perteneces. Aquí no tienes nada.

–Te equivocas. Aquí está todo lo que quiero.

El silencio lo desgarró por dentro y tuvo que hacer un esfuerzo para no tirar la puerta abajo.

–Perla, abre la puerta, por favor.

Pasó otro minuto hasta que oyó que quitaba el pestillo. Entró en cuanto tuvo una rendija y se quedó destrozado al ver su rostro asolado por las lágrimas. Fue a tomarle la cara entre las manos, pero ella se apartó bruscamente.

–Cuéntame qué ha pasado.

–Da igual lo que pasara. Creía que podría hacerlo, Ari, pero no puedo.

–¿Qué es lo que no puedes hacer? –preguntó él con el corazón en un puño.

–Casarme contigo. Creía que podía, pero no puedo.

–¿Ni siquiera por nuestro hijo?

A él le espantaba jugar esa baza, pero estaba desesperado. Ella lo miró con tanta tristeza que le desgarró el corazón.

–Creía que podía, pero no voy a ser el segundo plato de nadie.

–¿El segundo plato? –preguntó él con el ceño fruncido–. ¿Quién te ha dicho eso?

–No hace falta que me lo digan. Tengo ojos y oídos. Me trajiste y me encerraste en tu yate para que nadie me viera. En cuanto salí de aquí, me recordaron que nunca seré suficiente para ti.

–¿Puede saberse de qué estás hablando?

–Sofía, tu esposa, siempre será el amor de tu vida. La mujer de la tienda lo llamó la historia de amor del siglo. Creí que podría sobrellevarlo, pero no puedo...

Él se acercó y respiró con alivio cuando ella no retrocedió. Lo que más quería del mundo era agarrarla, pero se contuvo para que no lo rechazara. Eso lo destrozaría definitivamente.

–La amé, no voy a negarlo. Me sacó de la desolación, pero no fui el mejor marido, no la salvé como me había salvado ella. Debería haber sido más fuerte por ella.

–Capto el dolor en tu voz cada vez que hablas de ella.

–Porque, aunque sé que tuvo la mejor atención médica, una parte de mí sigue sintiendo que la defraudé al no insistir en que aceptara el consejo adecuado.

–Entonces, ¿lo que te ha corroído es el remordimiento?

–Antes, pero ya, no. Lamento muchísimo lo que pasó, pero no puedo rehacer el pasado. Me has enseñado que tengo que mirar al futuro y olvidarme de las cosas que no puedo cambiar. Además, tengo que creer que Sofía también querría que lo hiciera.

–Entonces, ¿por qué me encerraste en el yate? –preguntó ella con un dolor evidente.

–Lo siento. Es verdad que quería evitar un dolor innecesario a la familia de Sofía, pero también quería ocuparme de que la villa estuviese preparada para ti, para nuestra boda. Llevaba tres años sin venir aquí y la casa no estaba como quería que estuviese.

—Pero ¿por qué aquí? Podríamos habernos casado en cualquier sitio de Grecia.

—¿No te acuerdas de lo que me contaste cuando nos conocimos?

—¿Qué...? —preguntó ella con el ceño fruncido por el desconcierto.

—En Macdonald Hall me contaste que tu primer viaje a Grecia fue a Santorini y que siempre habías soñado con casarte aquí.

Ella abrió los ojos como platos al acordarse.

—Sí, *glikia mou*, quería satisfacer ese deseo.

—¿Por qué?

—Porque tu felicidad es lo más importante del mundo para mí.

—No digas eso, por favor.

—¿Por qué?

—Porque podría desear lo imposible.

—¿Qué deseas, Perla? Dímelo y te sorprenderá lo dispuesto que estoy a concedértelo.

Ella no dijo nada y él se acercó. No pudo resistirse, le tomó la mano y se estremeció.

—Por favor, dime lo que deseas, a*gape mou*.

Lo miró con sus ojos verdes y él vio el valor, la decisión, la añoranza y otro sentimiento que esperó que fuese el que se imaginaba.

—Deseo que me ames.

—Solo si tú me amas la mitad de lo que te amo yo, Perla.

—¿Qué? —preguntó ella boquiabierta.

Él le besó los nudillos y cerró los ojos un segundo cuando le temblaron los dedos.

—Te amo. Supe desde el principio que lo que sentía era más que deseo, pero lo rechacé porque... bueno, ya sabes por qué.

—Pero en el avión dijiste...

—¿Alguna estupidez sobre no amarnos? Eso fue mero

instinto de protección. Creía que podría conseguir lo que quería si protegía mi corazón. La verdad es que no tengo que proteger mi corazón de ti. Lo que siento me aterró, pero lo que tenemos tú y yo me llena de alegría y me enloquece. Te anhelo cada vez que te veo. Cada vez que hago el amor contigo, quiero empezar otra vez. Me enloquece, pero también hace que me sienta vivo, como no me sentía desde hacía mucho tiempo. No quiero perderte porque pienso estar contigo el resto de mi vida. Si dijeron que lo que tuve con Sofía fue el amor del siglo, la nuestra será la historia de amor del milenio.

A Perla se le empañaron los ojos de lágrimas que él besó sin vacilar.

—Arion... Creía que lo hacías solo por el bebé.

—Cuando dudé que me aceptaras como soy, intenté utilizar al bebé para convencerte.

—Y yo me dejé convencer porque no vi otra manera de estar contigo. Ahora puedo decirte que también te amo sin miedo a que me rehúyas por eso. Repíteme que me amas, Arion.

—Te amo. Ojalá lo hubiese reconocido antes. Sin embargo, te prometo que voy a recuperar el tiempo perdido.

La besó hasta que se quedaron sin aire.

—La casa está casi preparada, pero puedes cambiar todo lo que quieras antes de la boda.

—Mmm, ¿puedo ejercer el derecho de una mujer a cambiar de opinión? Atribúyeselo a que tengo las hormonas alteradas por el embarazo.

—¿Qué quieres cambiar?

Ella le acarició la cara y bajó la frente hasta que la apoyó en la de él. Ari supo que no iba a gustarle, pero le dio igual.

—La fecha, el lugar, los invitados... ¡Todo!

El fue a protestar, pero ella se lo impidió con un beso y él se lo permitió.

Epílogo

¿TE PARECE mejor?

Perla se pasó la mano por el abultado vientre y suspiró de felicidad.

—Mucho mejor. Ni siquiera me importa no poder tomar champán el día de mi boda.

Se miró la alianza de platino que resplandecía al sol de Bermudas. El rubí con forma de corazón del anillo de compromiso también resplandeció mientras Ari le besaba el dorso de la mano.

—Retrasaste la boda cuatro meses, pero no quisiste esperar otros dos hasta que naciera el bebé.

—Creí que podría resistir, pero las ganas de que fueses mío fueron demasiado grandes.

Le expresión de su rostro fue la misma que había visto en el rostro de su hermano cuando miraba a Brianna. Entonces, la había envidiado, pero, en ese momento, daba las gracias a Dios porque su fantasía se había hecho realidad.

—He sido tuyo desde que te vi con ese color de pintalabios que tienes prohibido volver a usar en público. Sencillamente, no lo supe en ese momento.

—Más vale tarde que nunca...

Se rieron y se dieron la vuelta cuando Sakis y Brianna entraron con su hijo de tres semanas. Dimitri Pantelides estaba dormido en los brazos de su padre. Brianna lo arropó mejor con la manta y levantó la cabeza con una sonrisa.

–¿Habéis visto a la mujer que ha venido con Theo? ¡Es impresionante!

–Aunque parece como si lo que menos le apeteciera del mundo fuese estar aquí –añadió Sakis.

–Ya, y Theo la persona que menos querría tener sentada al lado –intervino Ari con sorna–. Las chispas que saltaban entre ellos anoche solo eran comparables a los fuegos artificiales.

–¿Alguien sabe quién es? –preguntó Brianna.

–La presentó como Inés da Costa, una compañera de trabajo de Río –contestó Ari.

–Si es una compañera de trabajo, ¡yo soy el perro de los Simpson! –exclamó Sakis.

–Creo que deberíamos incordiarlo un rato.

–Tú quédate con tu esposa. Yo iré a acostar a mi hijo y me ocuparé de eso. Le debo una por la tabarra que me dio durante la fiesta de Pantelides Oil en mi isla.

Sakis sonrió con satisfacción y se alejó. Brianna puso los ojos en blanco y lo siguió.

–Antes de que me abandones por culpa de mis disparatados hermanos, déjame que te diga otra vez lo mucho que te amo –Ari la besó en el cuello–. Lo honrado que me siento por tenerte en mi vida y lo mucho que te adoro por darme la oportunidad de ser feliz.

–También te adoro, Arion. Me has dado esa misma oportunidad y no querría estar en otro sitio.

* * *

Podrás conocer la historia de Theo Pantelides el próximo mes en el último libro de la serie *Griegos indomables* titulado:
EL DULCE SABOR DE LA REVANCHA

Bianca

Una noche nunca sería suficiente

Draco Morelli era un hombre de negocios implacable, un padre tierno y un exmarido receloso. El guapísimo italiano solo tenía aventuras pasajeras con mujeres que conocían las normas del juego. Hasta que tropezó por sorpresa con la única mujer de todo Londres que no estaba interesada en tener una relación con él

Eve Curtis era adicta al trabajo, amiga fiel y soltera consumada. Decidida a conservar su independencia, Eve estaba encantada de mantener a los hombres a una distancia segura. Pero eso cambió cuando Draco la conquistó, la llevó a su dormitorio y le abrió los ojos a todo un mundo nuevo de pecado y seducción.

De pecado y seducción

Kim Lawrence

Acepte 2 de nuestras mejores novelas de amor GRATIS

¡Y reciba un regalo sorpresa!

Oferta especial de tiempo limitado

Rellene el cupón y envíelo a
Harlequin Reader Service®
3010 Walden Ave.
P.O. Box 1867
Buffalo, N.Y. 14240-1867

¡Sí! Por favor, envíeme 2 novelas de amor de Harlequin (1 Bianca® y 1 Deseo®) gratis, más el regalo sorpresa. Luego remítanme 4 novelas nuevas todos los meses, las cuales recibiré mucho antes de que aparezcan en librerías, y factúrenme al bajo precio de $3,24 cada una, más $0,25 por envío e impuesto de ventas, si corresponde*. Este es el precio total, y es un ahorro de casi el 20% sobre el precio de portada. !Una oferta excelente! Entiendo que el hecho de aceptar estos libros y el regalo no me obliga en forma alguna a la compra de libros adicionales. Y también que puedo devolver cualquier envío y cancelar en cualquier momento. Aún si decido no comprar ningún otro libro de Harlequin, los 2 libros gratis y el regalo sorpresa son míos para siempre.

416 LBN DU7N

Nombre y apellido	(Por favor, letra de molde)

Dirección	Apartamento No.

Ciudad	Estado	Zona postal

Esta oferta se limita a un pedido por hogar y no está disponible para los subscriptores actuales de Deseo® y Bianca®.
*Los términos y precios quedan sujetos a cambios sin aviso previo.
Impuestos de ventas aplican en N.Y.

SPN-03 ©2003 Harlequin Enterprises Limited